U0925844

艾　云／著

寻找 失踪者

Tracing the Lost Minds

GUANGXI NORMAL UNIVERSITY PRESS
广西师范大学出版社
·桂林·

出版统筹　汤文辉
品牌总监　范　新
责任编辑　范　新　徐　婷
书籍设计　刘　凛　[广大迅风艺术]
责任技编　李春林

图书在版编目（CIP）数据

寻找失踪者／艾云著．—桂林：广西师范大学出版社，2013.8（2014.1重印）
ISBN 978-7-5495-3934-5

Ⅰ．①寻…　Ⅱ．①艾…　Ⅲ．①随笔－作品集－中国－当代　Ⅳ．①I267.1

中国版本图书馆CIP数据核字（2013）第132213号

广西师范大学出版社出版发行
（广西桂林市中华路22号　邮政编码：541001
网址：http://www.bbtpress.com）
出版人：何林夏
全国新华书店经销
广西大华印刷有限公司印刷
（南宁市高新区科园大道62号　邮政编码：530007）
开本：880 mm × 1 240 mm　1/32
印张：6.375　　字数：140千字
2013年8月第1版　　2014年1月第2次印刷
印数：5 001~7 000册　　定价：28.00元

不自欺，也不他欺

艾 云

我不知道自己为什么会有说道理的癖好。这癖好，如同有人喜欢打牌、下棋、打球、烹调一样，就是找个事儿来做，否则傍晚来临，心慌得像长草了一样。有个癖好、有个喜欢的事儿干，人就可以熬过许多空虚了。

想说个道理的初衷是：看到一些人，在那里理直气壮地表达着什么，可是我却觉得有些拧，不大对劲儿，但自己又一时半会儿想不明白。觉得不是那回事儿，又能是哪回事儿呢？于是，绞尽脑汁去想，反反复复，想得脑子疼，还不一定能想清楚。于是，借助于大书，让人明理的书来读；然后再想。某一天，发现有几处清醒的字眼出现了。于是，找出纸和笔，赶紧记下来，否则就忘记了。

因此，我很不擅长即时地、快捷地对当下社会现实进行表述和发言。我明智地认为，自己从来都不可能成为一个公共知识分子；不会成为一个为众人祈盼和瞩目、随时可以发出警策之声的人。我属于一个拙笨的、慢半拍的人。

我只是习惯躲在幽暗的屋隅，去想一些心事。这时候，自己的直觉或许是活跃的，经验世界的真实也会到来。我是一个如此不能讲述宏大词语的人，我发觉自己的思考与道德标准相差甚远，我不能光明正大地说些什么，说那些很纯洁、崇高的什么。我的个性如此的妥协、世俗，顶多对人性的复杂、神秘有一定觉察。我个人喜爱一切鲜亮事物，害怕阴郁、残破、疼痛和疾病。

因为我个人的幽暗意识，由己推人，我渐渐明白，表面光鲜的所有道德化宣传，都与真实的人性不相符合。此之谓：己所不欲，勿施于人。可我们却为什么会有那么多回避人性真实的假话套话呢？

其实，正是那些层层叠叠的心事，才让我总在琢磨着将一团乱麻般的纽结解开。这一定要借助大书的阅读。我在阅读中，仿佛看到那些在前路勘察的智者，他们脚下是瓦砾、蒿草、裂块，他们扒开蓬丛，踢开阻绊，去找一条可供人们行走的路径。

人在混乱之中，想要寻找解悬破津的方法时，就会迫不及待地捧起大书来阅读，越加会关心严肃的事物。

我想要明白一些事理时，自然地会选择西方的哲学家和思想者。因为他们不绕不隔，直面人类的当代生存处境。我注意到了这些人，他们是柏拉图、康德、洪堡、韦伯、哈耶克、福柯、波普尔、哈贝马斯、伯尔曼等人，古典的现代的都有。

我数了数，这些人，差不多都是秉持自由主义理念的人。可能正是自由主义作为一种实践而不是运动，它才会对人的真实性给予考虑和照料。我在精神气质上，与他们有契合。

读西方的理论，倘若没有中国当下问题做背景，就只能是掉书袋。我个人从来都不喜欢让人看不下去的西方语式的引述，也不擅长去做密不透风的学问。我本不在高校工作，没有硬要去做学问的压力。读理论，写些看似还有理论色彩的文章，纯粹是自己想写。

这想写的，就是自己想要慢慢理个头绪，说个道道的。这道道或许就是问题?

我在写下某些文字之前，并不自信。我是一个胆怯和羞涩的人，知道自己担当不起大使命。可是如果我想写什么，就明白是有一个问题在推着我。如果一篇文章没有问题，我是写不下去的。只有问题，才能带着我向内部摸索着走。

有了问题，那些大书、那些智者，就借给了我一些胆量，让我通过读他们，而读自己、读社会、读命运。我逐渐发现，命运是个玄妙的、谁都挣不脱的网，无论个人或国家。而在命运之中，又有个体性格、认知能力的种种差异，它决定着制度安排的合理与否。这些，又带给人奇异的命数。

人这一生，活着，多么的偶然和吊诡。

写到这里，就会知道，我是一个被虚无感笼罩的人，不相信文字可以不朽，不相信人借文字可以青史留名。我们只有一季的生命，如麦子，熟透了就被收割了。我只是在这偶然的一季中，去想了一些事，然后记下来，仅此而已。记下文字，就是抗击虚无与死亡。

我为此记下了许多札记。那些小纸片，就堆放在抽屉里，却始终难以完成，一直延宕着。我总想找一个问题串起来，结构成型，却很难。

我明白自己有太多直觉的、发散式的、雾霰般的感受；我不希望自己被这些东西牵着走，不喜欢过于黏腻的、看不清方向和道路的表达。一旦有了问题意识，发现所有的感受都有了转喻的办法。

在《寻找失踪者》这本书里，明眼人会发现，我其实是在谈个人经验，但又将这些做了普遍化的认识和处理。没有直觉和感受，我是不大会写理论文字的；但是如果没有问题，没有路径，直觉只在弥漫中，它因此也会丧失掉应有的光泽和价值。

人现在处在饱和与过剩中，什么都太多了，文字或者信息。人被包裹着淹没掉了，心不再有空廓和清敞。我常问自己，我写了，又能为什么？

可我仍然是拈起了笔。这时，我就只能要求自己尽量别去制造文字垃圾。我尽量想让自己不要把谬误、偏见的东西传达出来，以免误己误人。我希望自己，如果写了，就尽量写些深思熟虑的东西。

可这里又有一问：你认为是深思熟虑的东西，它就能保证这思与虑是对的吗？

就这么重重复重重地诘问，让我常常坐在那里发呆，一呆就是很长时间。动身做事时，脑子也在想。有时会躺在沙发上，让脑子腾空，进入史前状态。往往这时，有些字词句会蹦出来，于是，赶紧记下。

记下的，有时是对自己的反问，有时是对时政流行观点的反问。脑子沸腾着，像一大锅滚烫的开水。在自问自答中，它让我养成了一个思考习惯；想某一件事时，尽量做到不要自欺，同时也不要欺骗别人。

记下的，是对自己的清理，对自己的出身和习焉不察的偏见的清理。毕竟，我是学文学的，有浓郁的浪漫主义情怀。但是我想起了德国思想家韦伯的一句话："讨论人类的命运以及洞见人自身，仅有美学的观照远远不够。"

那么，求真，就成为相当一部分写作者的内在驱动，包括我本人。可我却又会对语言自身穿越物体介质的美感，有着深深的迷恋。

目　录

自我呵护

——福柯及其个人自由伦理实践

紧随着肉体的衰竭，就是灵魂的枯萎。

——[希腊]克塞诺丰

一、精神气质是将自由问题化

1984年1月，距离福柯离世还不到5个月。似乎一切先兆都没有。他身体健康，心态平稳。那颗智慧的大脑还在有力跃动。这时他接受记者采访，谈到了他的新思路——“自我呵护”[1]。他盛赞古希腊城邦的人具有美好的精神气质：“希腊人无需什么中间转换，就将自由看作精神气质。但是这种自由实践，要求自我对自我进行全面的劳作，使自我形成一种善的、美的、令人敬仰、受人尊重、值得纪念、堪为榜样的精神气质。”[2]

福柯曾经有过打算，他想让自己既向历史学家和哲学家说话，同时

[1] 据刘北成编著《福柯思想肖像》译文。又有译“自我照看”，参见贺照田《后发展国家的现代性问题》，吉林人民出版社，2002年，第414页。

[2] 见贺照田《后发展国家的现代性问题》，吉林人民出版社，2002年，第421、422页。

也向普通百姓说话。他希望古希腊人美好的精神气质可以是普遍的，而不再仅仅属于特权。我们大家都能够这样做，而不是勉为其难。这当然需要内外兼修，但绝对不是那么困难。福柯开始欣赏看得见的美好，这是对新的生存方式和美学趣味的提倡。这是个人自由伦理实践的关键。

在他自己，他曾经要求自己待在坚硬密闭干燥寒冷黑暗的地方。他是以粉碎了自己的方式，以非常规性思考，以极限体验，也即以强烈的自我否定方式去寻找现代世界写作经验的核心。这是抒情与哭泣、狂喜与赴死的内核。福柯是个勇者，他要求自己去过另一类苦行的生活，只有这样，他才能改变知识视野中的偏见；才能揭穿人们蒙受的历史吊诡的愚弄；才能剥离陈腐意象，寻找到价值意义上的珍品。但他却是在无底深渊起伏翻卷，看到各种黑暗邪恶势力的迸发。他知道他已把自己弄得不成样子了。他大声诘问："我何以会活着？我该向生活学习什么？我是如何变成今天这个我的？我何苦要为做今天这个我而受苦受难？"[1]

1月的巴黎，仍有霜重，却是比雪要轻，刚好可以浮动辽阔的寂静。福柯似乎想要松开体内的抽搐与痉挛，他想要拿生活的艺术，也即拿出"美"来讨论。

美，是各种理想状态下最综合的指标。美其实是一种力量。它将集中着真与善。它闪耀着钻石般璀璨的光芒。美将整合地携带出许多好东西，政治清明、经济富庶、精神洋溢，才可能创造美。美是自我描述和呈现，是精神气质。人的眸子熠熠，带出的是明智生活；人的骨骼匀称，结构着完整律令。美是深度，涵括伦理学、哲学、政治学的整体要求。美的精神气质，其实是已经转向自身，又可以在公共空间推行，可以吸引人们前来，而不会吓跑很多人。这是劫持，却是瞬间被照亮的被

[1] 转引自詹姆斯·米勒《福柯的生死爱欲》，世纪文景，2003年，第445页。

虏；这也许是深渊，却是魅力无可躲匿的浮沉。美，来自力量，来自辩证，来自个人自由伦理实践，来自古希腊的阳光。

二、重返古希腊

那时的希腊，灰雾很少，阳光格外清澈透明，爱琴海海面分散的岛屿，闪着宝石般海蓝色的晶亮。进到城邦，随处可见的是以美为塑形的人与事物。

先说人物。那时希腊的男女，大都身材矫健、行动优美、皮肤细滑。女人衣着华美，饰戴着银制、玛瑙、紫石英或黄金做成的手镯或戒指；白皮鞋上，也有精致的刺绣。她们因为喜好屋宇，不太在阳光下走动，阴影柔光，使她们脸色有几分苍白，却愈加姣好鲜妍。她们面孔常有喜悦、柔和、恬静的表情，愈添引人入胜之境。男人们则大都行走穿梭于天光之下，肤色黝黑红润。他们头廓略显长形，脖颈高直，显出挺峻威严之气，而面孔的清俊儒气，又添动人之感。男人热爱室外的阳光与运动，个个身手灵活，生气非凡。那时的男人，还没忙着龌龊战争，男人对女人给他们带来的优雅美妙生活感激万分，他们继续努力，以更热忱、更昂贵的方式，增益她们的妩媚。[1]

再看美学观念。希腊人的审美观念讲求纯朴和力量，和谐与秩序。每一座雕像和图画、每一座庙宇和墓穴以及每一首诗和每一出戏，他们都尊崇对称和宏伟。他们对柔弱荏苒的东西提不起兴趣，他们不是纤细易碎之物的爱慕者。他们不要古怪的形式与浮夸的感情，不要拔高的理想，不要与现实不相干的东西。因此他们不慕虚事华丽和沾沾自喜，不喜玄谈秘奥远离准确。他们推重生活的每一细致柔雅部分，认为生活

[1] 参看威尔·杜兰《世界文明史·希腊的生活》，东方出版社，1999年，第13、385页。

便是最伟大的艺术。他们是健康的功利主义者和实用主义者。希腊人明白，一切美学原则都必须由物质基础做主，他们忙着议论政务，忙着追求美及知识，却也忙着增进财富，打理商务，因为这些竟令他们无暇顾及善。但那时因为恶还没有满盈，疏忽为善，美学可以及时将这一切缺失弥补。他们行事谨慎，花钱并不挥霍，而是节制有度，但他们用于装饰公共建筑物，并不吝金钱。他们有正当的国家意识，希腊艺术不属于某一种让人瞬间凭吊的稀罕之物，也绝不冷僻生涩、众人无从问津。他们庆典历史，构筑神庙，希望建筑是大理石与几何学的完美结合，要适用的美，可以栉风沐雨经年不改其颜，一切物品绝不因雅致而失却坚固性。于是，他们花费大量金钱，从各地雇请享有盛名的艺术家，石头上镌刻的是历史上的丰功伟绩。而这一时期的艺术家，也不是仅仅局限于室隅，不是一般人不懂的穷酸隐士，而是参与到各种艺术事业中的实践者。

说到希腊人的性格，那是一种奇妙而有趣的综合。他们的聪颖与饶舌，放纵与收敛，虚荣与爱国心，这一切，结合在一起，形成他们的真实人性。他们有时也会说谎和狡黠，也恋爱和背叛，但那恳切一笑里，让人释怀，因为这是连神祇也避免不了的缺点和长处。总的说来，希腊人性格温柔，即使战士也慷慨慈爱。只是怯懦常为人不齿。对希腊人来说，他们认为最美好的生活就是最充实的生活，不一定有贵族的荣誉感和积善之士的良心挂在嘴边，却是充满健康、精力、优美、热情、财富、冒险及思想。他们认为，自我发展就是一切。[1]他们认为的美德就是勇敢，尚武精神并不匮缺，却又不是因此成为衡量一切的标准。他们只是不让自己羸弱。因此希腊人一向是把肉体放在灵魂前头考虑，认为肉

[1] 参看威尔·杜兰《世界文明史·希腊的生活》，东方出版社，1999年，第13、385页。

体单薄乏力，灵魂就不可能强健壮阔。贫瘠的肉体长不出茁壮的精神。是肉体先衰竭，灵魂才枯萎。因此他们参加竞技活动，掷铁饼或投标枪，下棋或赛跑，凡此为奥林匹克运动引出先例。

关心健康和运动皆在关心美，一切以美为造型，优美的生活艺术与才干、仁慈、财富、正义和谐统一。希腊人因此喜欢宫殿胜过庙宇，是因为宫殿辉煌、柱廊廓大、苍穹相接。有葡萄藤蔓纤纤缠缠爬过篱笆，有菩提叶和橄榄枝在镂花雕空的矮墙攀援，却在窸窸窣窣的声响中，走来袍子上绣着四叶形图案的美少男。横笛和七弦琴在傍晚疏风细雨的日子吹起，听得美少女蹙眉怀春。

因为崇尚美，希腊人自然而然地在闲暇和游戏中有着逸情，一般的，他们都成了享乐主义者，并对肉欲有正当冲动。他们对享乐没有罪愆之感，只是会在享乐中出神，托颐凝思，眼神一下子变得很空、很远。这是乡愁涌起、晦暗低潮的思绪，略带寒瑟的悲观。因为有习惯性的对绝对事物的入迷，其少节制的肉欲，也被谅解，这是因为希腊人诚挚地崇拜它。

因此阿波罗的神庙碑铭镌刻：“勇气和节制”。这是希腊人常常提醒自己关注的对立箴言。

因为崇尚美，唯有他们会为美丽的海伦而战，并且是长达十年的特洛伊战争。地中海的金色太阳可以作证，战争中的箭矢，射出来的可是玫瑰花瓣？因为崇尚美，对那讴歌美的抒情诗人，就格外礼遇。当亚历山大大帝将反叛的底比斯夷为平地时，他特别告诫他的士卒，对抒情诗人品达住过或寿终的那幢房子，不得有丝毫损害。

希腊为人类创造了高度的文明，它已有繁荣的贸易和金融，有民主政治和律法，有神秘主义和诡辩家，有斯多葛派和希腊学堂。希腊更是有以美为度量的原则。可惜黄金时代随着苏格拉底之死而告终，随后他们便后悔不已，并用乱石掷死了那个陷害和控告苏格拉底的人。但希腊的太阳终归有些黯淡了。马克思认为希腊是人类的童年，但却创造了与这童年不相匹配的成熟的文化与文明。也许马克思指的是人类文明伊始，是从时间上说到初年。但这是人类梦想、骄傲、光荣的标准与高度。这是以美塑形的人类初年，还没有太多的杂冗与尘埃、毒素和肿瘤的崭新时期，万事万物欣欣向荣，一派葱茏葳蕤。

重返古希腊，重返伟大的文明传统。福柯正在做这种重返，这是与他过去的兴趣很不同的转变。福柯以前曾经嘲笑过海德格尔、德里达美化了早期的希腊文化，他表示自己不想谈论古希腊，不愿陷入希腊文化复古主义，但是现在他对古希腊十分推崇。在20世纪70年代末，福柯曾经考虑过通过一种积极的政治哲学来制定一种新型的权利。这是在他写完《规训与惩罚》之后。他自己也身体力行，一边上图书馆，一边上街游行，并被人称为“后革命家”，但后来他发现这对改变权力政治没太大作用。他的思考总是从一个驿站到达另一个驿站，他从政治学转向伦理学，然后又转向生存美学。这里面，古希腊提供了范式。他从希腊神谕的“认识自我”，推演成“呵护自我”。这时的福柯似乎记起了他一向敬重的尼采的一句话：“生活需要训练。”他开始觉察到一种制止、节律、禁忌的生活是人恢复每天生活勇气的前提。快感的享用永远只能在少数人那里，作为一种特权而存在，它不适用于普通人，而且它很容易被滥用。而寻找自我呵护的生活艺术，这种“自我对自我的劳作”，该是一般人都可以遵循去做的。个人的自由伦理实践，这是伦理方式，也是政治行为方式。在伦理方式上，照看好自己是具有优先地位的；在政治行为中，“在一个城邦中，如果所有人都能够好好照看自己，那么城邦一定能够运转良好，并从中找到自身长治久安的伦理原则”[1]。这是福柯表述自己观点时说的。他同时又重申了苏格拉底的话，那是针对拥有最高权力的统治者说的：“你如果不能照看自我，就会是一个糟糕的统治者。”

福柯再一次想起衣袂轻扬、笑靥春风的希腊人。他同时也对斯多葛哲学感兴趣。这一哲学十分具体，关心个人的爱好和个人的审美趣味，让人学会自我塑造。人每天睁开眼睛，先想想自己一天该干什么；临睡之前再重新估计一下自己一天里的所作所为，并且想想自己第二天该如何改进。塞涅卡对自我的评估十分公允，他既不把自我看成一成不变的事实，也不把自我看成罪恶的集散地。他认为自我是真实和意志的结合。他人和社会应尊重个人自我的真实，但同时自我又必须兼具意志。这是宗教和法律之外的自我调节和调整。福柯不禁说：“这种把生命当作艺术品素材的观念着实令我着迷。”

重返古希腊，重返希腊文明的一切伟大传统。虽然它仅有着一百多年的历史，却创造着人间奇迹。随后，人类的声音则是渐趋喑哑，从神话、史诗、传奇，又到散文。技能发达，人种并未遵循进化论原则，而是在不同程度上退化。人类不再是自我呵护，而只是在自我糟蹋。

三、自我糟蹋

讨论福柯，讨论福柯的自我呵护，讨论精神气质是将自由问题化，这一切并不是无的放矢。这是为了拿来对照，从而更加清晰地照见自己。各方检省，人们无法讳言：我们正进入到前所未有的自我糟蹋期。

先看看我们的面孔及形容。

---

[1] 见贺照田《后发展国家的现代性问题》，吉林人民出版社，2002年，第421、422页。

面孔可是有意识形态痕迹，形容也充满着形而上学特征。它携带着直接的美学经验，透露出一个人或萎葸或奋发、或放弃或坚持的全部心智之区分。看看我们现在怎么成了这副模样！

我们现在的面孔很少有生动、丰富、美妙、神秘的形式感。眼神宁静清澈可托信赖不见；明快、爽朗的笑声，一口皓齿带着青草和百合的馨宁，这一切也都很难见到。我们的眼神，有意无意中流露的或是茫然、惊惧、委顿；更多的则是贪婪、奸佞和欺诈，仿佛随时布着陷阱，诱你一头栽进去。人们脸上的肌肉在松弛下坠，赘肉堆积脖颈，线条混浊不清。女人原本迷人的俊秀俏丽、男人明晰硬朗的下巴不见。再看看体态，大都肚腹鼓胀，步履沉迈；很少有人能轻盈灵活地行动。肩膀总是耷拉着，松松垮垮，终日提不起精神。衣着并不破旧，却是灰头土脸。我们贪吃贪睡，不知今夕何夕。我们厚脂肥肪，却不健身、不运动。现在，已很难再见到神清气爽、生机勃勃，让人眼前一亮并且难忘的人。没有震撼，没有荟萃观念和血液的双重造化和生命高度带给人的震撼。这高度原本可供直视，带来直接性视觉的舒服、熨帖以及宽远的美学启迪，来自肉身，正是为了取悦于灵魂，作用于灵魂。现在如果女人嫣然一笑，却让人怀疑这里是否有充满诬陷的风尘，藏匿秘不宣人的觊觎机心。男人若肯伸以援手，也让人悚然警觉这里面是否有阴谋的圈套。只有成堆人群，没有鲜明的单个。装束打扮日趋同化，容貌沉闷乏味。屋檐下走出的男女，大都打着长长的呵欠。冬天里蜷缩着袖笼晒太阳，夏天则趿拉着拖鞋游逛，身上散发难闻的汗渍味。人只分出年少和年老，中间没有盛年作为过渡。如果年少，是只占了自然的恩赐，但眨眼几年过去，倏忽见出苍败、未老先衰。若说盛年，这是架在年少和年老之间长长的、花团锦簇的彩虹。这是需要多少好东西赋予这个人才有可能抵达的彩虹之桥。若说盛年，必须属于修炼，不太年轻，也不能太老，中庸适度，一直保持。不太年轻，是说生命也有历练，犹如存放深窖的醇醪，才是入味隽长。不太年老，是因心智和意志已经可能扼住时间的黑手，可以将身体作为一种图腾，一种崇拜，超越俗尘规定，依旧风华无边。若说盛年，该有多少绝妙好词为之形容，譬如风姿绰约，飘逸倜傥，妖娆毓秀等等。若说盛年，那是依旧性感，一个人身上有穿透物质的感染与辐射，启发冲动，却是升腾与坠落的优雅弧线。那是暗中的贮藏，是恒产与恒心，是努力与勤劳，也是运动量加清洁度，由此构成盛年景致。

没有人去想我们怎么成了这个样子。每天睁开眼睛，就是心头茫然；夜晚，要用极度的感官刺激将自己放倒，才能克服恐惧。因为不事运动，常常患病，大把吃药，免疫功能被破坏，体能下降，人人有着病理学特征。人现在普遍的是精神面貌枯燥灰暗，鲜有向上的气质，人在下降和退化途中，还没有到底和完结，后来还不知道还有什么更糟糕的结局。是人的心散了，收不拢了，没有目标与希望。各个阶层，从知识者到劳动者，都同时以不同的速度在下降。

那就转过身来先看看知识者。

跻身知识分子行列的人原本多是清癯虚静的形容，皆因终日的书斋生活和案牍劳形。抚摸文字，却是在搬驮巨石，精神再粗壮，肉身也有可能凋残。许多古典主义思想家和知识分子留给人们的就是这种印象。的确，历史上曾有这样的人，以良知、公正及理性，成为价值爝火的守夜人。

然而现在，这个阶级的人，很少有人会被绝对的事物所迷住，却多有人在乎已得的或未得的利益，作秀煽情哗众取宠地迅速蹿红，在廉价的成功中再为既得利益添些毫子；却很少有人去清理自己来自俗陋和血泊的生存环境所潜伏身体内部的邪恶，很少有人去清理常识的地盘，并谨慎而理智地去说出真相。更多人在散布谬误时俨然以真理拥有者自居，却很少有人有求真时的小心翼翼及谦逊低调。

还有人想竭尽全力去拯救世间的好东西吗？当然有。但这些人已经稀少，十分寂寥。以知识者自居的人，害怕远离人后的孤独沉思。他们说这些迂阔之人这样悄没声响的，世人哪会记住他们呢？聪明的知识者想要不断地弄出些声响，以吸引大众的注意力。还有那些致命的原创性，傻子才会成为精神的殉道者呢！要的是逐渐成为人们茶余饭后议论的公众人物，出书更容易，文章也有人追着发表，博取的是名利双收。

公众是记住这个知识者了，但同时也记住了他传递的信息，那就是再没有立场、原则、价值的准确清晰之判断。正如费希特所言，连知识分子都堕落了，人们还有什么可指望的?

写作史和思想史上有的只是无数的失踪者。

让我们再看看那些拥有政治权力者。

曾经，在民族危急和激荡年月产生过如韦伯所说的卡里斯玛型领袖。这是有超常个人魅力及个人权威的人物，以满足民众的超常需求而非日常需求。非常之恶者与非常之善者，都通过他们非凡的身心天赋确立了自己的统治地位。[1] 无论如何，在集体亢奋和民众的犹疑无助中，动荡年月吁请出这些人，人们将自己交付给他们，感到有所依归。但在动荡之后，在日常俗务的操持下，这些非法理型人物便实行规训，以期让不驯顺者驯顺，让不服从者服从。在体制中，国家政治伦理由此确立。

这必然是依人伦关系而非市场利益为运行机制的社会。政治统驭一切，政治舞台也成为人们有所作为或有所图谋的唯一晋升天地。原先这一领域也有充满政治理想和抱负的人，但后来这些人则有了分野。有固

---

[1] 参看本迪克斯：《马克斯·韦伯思想肖像》，刘北成译，上海人民出版社，2002年，第320页。

执己见的，但一定会被罢黜政治领地；有附和趋就的，那就得将原有的理想与抱负做全盘更辙。因为人伦关系最有弹性，上一级领导的好恶印象，直接决定一个人的宦海浮沉。唯唯诺诺者，总让领导感到被奉承时的舒服；不服训规、有独立创新意识者锋芒太过，伤人颜面。于是，前者将升迁，后者一定会遭贬斥乃至剪除。再加上，当政治运动的优秀拔擢者，则是那陷人于不仁不义者时，当失信和奸佞成为人伦关系中的青云直上者时，优汰劣胜的政治机制已告完成。

想想吧，日复一日，年复一年，没有监督的政治权力握有者，该有怎样的形容？

当权力和既得利益搅在一起时，那可就是不捞白不捞。贪婪于民脂民膏，连一点点惊悚都没有，那该是什么样的眼神与表情。也有似乎想办实事的官员，仿佛大刀阔斧的样子，却是越办越糟。民众在自发秩序中，依循着自己感到便利和舒适的意图行事。扣准人心，往往没有大错。许多官员的所谓有所作为，基本是横加干涉。轻则是做无用功，在空耗空转中自己玩自己；重则基本上是造成对个人命运的伤害和经济利益的损失。在制度设计缺陷尚未得到纠正时，有所作为会转化为有所作孽。

曾经有过的非法理社会的具卡里斯玛型个人魅力的领袖固然无法令人信赖，但现在是连这样的人也很难觅到了。也许这正是一种领袖产生的必然吊诡，因为卡里斯玛型领袖的出现，在他领导治理之后的国度，其政策制度和贯彻的日后，是必以铲除卡里斯玛型领袖的再次出现为其因果。现在为官，不仅平庸无奇，而且贪婪无耻，这究竟是怎么了？

追溯既往。封建社会，为官者，并不乏气节之人。那时尚有文死谏、武死战的传统。如果君王昏庸，劝谏无果，众臣面前，死给你看，也算尽了精忠报国之心。虽有人说这是以死博青史留名，但拿性命做不可挽回之代价，这等以死相报，却也可泣可鉴。官员队伍，尚有这等血性之人而非苟且之徒，便是长风浩荡，历史的尺牍，从此不缺“气节”二字了。

更近一些的清末民初之官员，像李鸿章、郭嵩焘包括盛宣怀等人，从遗留下来的照片看，大都面孔清癯肃正，有一股节律自持的内敛庄穆之气。多事之秋，变局无定，其参政决断中，或夷技所用，或洋务开埠，无论后人如何评价不一，但他们忧患满目，戚然成愁，而非鄙近觊觎，必使眼神有了一种牵远，不可能是肥硕臃赘之相了。

然而现在，碌碌无为，脑满肠肥是其写照。民众怨声载道，绝大多数直指贪官污吏。是什么地方弄拧了？

现在来说年轻一代，因为这是指有远景的人，笔下必须留情。但这宠护娇纵的一代，从小便在护短而愚蠢的家长错误引领下成长。这已养成他们跋扈暴戾的做派。日后再要纠正十分艰难。那得以纠正早期潜在恶习者，得是高超修炼之人，这种奇人极少，大量者未能改过，走到人群，只会彼此伤害，无端制造悲剧而不觉。男丁似乎更能光宗耀祖，溺爱异常。今后长大，如此软弱自欺，何以担纲国家栋梁使命？

对比希腊青年，在成年礼上他们则这样宣誓：

“我传递时，我的祖国要比我接受时更强大、更美好，决不使其稍有逊色。”

“我决保存国家传统，完成神圣义务，不论是以我个人力量或大家同心勠力。”

想想我们的青年一代，有谁有过这等决心与誓言？

萨特相信进化论，相信进步的价值，相信人终究是有高度，有历史责任感，并能行使自由意志。年轻时的福柯也十分乐观，坚信某种新人类可以掌握人类本质的真理。

事实可以如此吗？但愿我们不是杞人忧天，但愿进步与进化的价值不会衰损。

关于普通民众，他们无可指摘。背驭轭重的，是他们；艰辛劳作早已压弯了他们的脊梁。如果他们衣衫不整、蓬头垢面，那一定是政策出了问题。他们不是值得歌颂的道德优越的阶级，也不是随意可以遭抨击的阶级。谁真正关心弱势群体，谁就应该懂得，不应将贫与富固化。社会必须机会均等，要依人们不同的禀赋、努力、才智，而不是地域限定，户籍与出身的不同，让人们的政治及经济状态一成不变。对于真正无力拼打的贫与弱者，社会应提供安全与有所保障的机制。这样的制度才健康合理。

历数着自我糟蹋的凡此种种，知道凡事都不会在某天早晨一下子形成。它有潜伏期，并有因有果，撒什么种子结什么瓜。自我糟蹋的由来是自我推诿。自我推诿是因，自我糟蹋是果。这是国家政治伦理和后国家政治伦理的产物；而自我呵护，则是个人自由伦理实践。接下来，我试图将笔触稍稍做些延伸，就此展开一些讨论话题。

四、国家政治伦理的作用

自我糟蹋的由来是自我推诿。这就需要找一些深藏其中并蔓延嗣后的缘由了。

某个历史阶段，国家政治伦理占据了社会生活的绝大部分。它具体表现在：经济形态的计划性，意识形态的统一性，社会哲学推重的是历史决定论。它的伦理特征是许诺给人们以最后的福祉，并出具蓝图设计。

这种许诺，带给民众欢欣鼓舞。那是多么令人亢奋、激越、迷狂的时期。将自己全盘交付出去，省心省力，不用在不可知的命运中去经历自我担当和筹划的风险，一切都在共同体中相依为命，温暖的太阳照耀着。不太温饱，常有饥寒，但大家均等，便也酣然。

能够酣然于太阳下的，当然是人民。这是一个有神圣价值的称谓。反之，人民的对立面便是敌人。这是些被专政制裁的人。除了阶级了了分明之区分，不允许有妓女、土匪、掮客、流浪艺人、小商小贩等的存在。只能有国家，不可能有民间社会，不可能有民间社会的各色人等。

成为人民，多么的自豪、温暖和保险。看到瑟瑟发抖的敌人，凛然一脚踢去，显示出高度的政治觉悟。

国家政治伦理具有极大的魅惑性。它诉诸人的崇高感与道德激情。人们的活动场所从憋闷的屋宇转向广场，在那里游行集会，庆祝贺典。人们在节日频频中，在非现实性中陶醉怡然。

如果不是游行回来还要在饥肠辘辘中面对冷锅冷灶，人们当然希望一直笙歌不断，灯火长明。如果不是国民经济濒临崩溃边缘，把节日当成常态多么的好！节日里只有狂欢没有责任。节日里人民被告知，他们在担纲着拯救他者、民族、国家乃至世界及全人类的使命。推诿自我，担纲人类，形成一环扣一环的国家政治伦理教义。如果这一教义能够始终进行，又是多么的好。可惜，人性深处的真实是幽暗模糊，而非敞亮通透。违忤人性，便成吊诡。因此福柯说，人民不是天生的，而是被规训成的，其强行命令和必须绝对服从，是自我推诿时必须付出的代价。人性违忤之后的吊诡逻辑，使人开始学会的是无时无刻不在撒谎。自我推诿又以丧失诚信作为代价。

培养对敌人的仇恨，学会绝对服从，对真实全然地否定和不信任，几次三番，个人已经完成了与共同体天衣无缝的依仗。他是再不需要，也不会再去完成对个人的负责了。

那时人们有什么样的表情与仪态？

还有淳朴，但渐渐地仇恨则由凛然转化成冷漠，服从也由恭顺转化成萎葸，而失信则由犹疑转化成狡黠。羞怯、恬淡、孤傲的形容开始失效。再加上推重的强度劳动，鄙弃肉身的所有养生、珍摄和享宴。男女之间的性别特征不被强调，男性不再以膂力强悍为要，而是要胜任繁重体力劳动。身体要的是粗糙而非性感，而非飘逸。“玉树临风”一词对男人的形容，一概废弛。女人也参加到劳动的队伍。面孔白皙、纤瘦盈盈、婀娜款摆之姿，招致鄙夷唾弃。红脸膛粗胳膊的铁姑娘，受到赞赏。人在誓师会上表决心，但在超过身体极限的劳动透支以后，疲惫不堪，并留下疾病隐患。男女情事，也早已倦怠得很。一是不被提倡，二是饥饿与劳顿，令人早已性力枯竭，不再去想。

劳动美学的提倡，使生活形态由简朴化变成粗鄙化。人在人前，比的不是衣着清爽光鲜，比的是补丁和破旧；比的不是气质的从容优雅，比的是糙粝无华。

有人说，那时还有不少的美人呢！的确，时间还来不及将前一个时代留下的肌肤凝雪的女人和俊逸潇洒的男人那么快消灭。这些人还可以支撑一些日子，但他们已是作为反面教材随时被揪斗批判，脸上满是惶怵惊慄的表情。扬眉吐气者，则是那些实施揪批的人。惶怵的人何谈仁慈？惊慄的人又何谈悲悯？面孔在不同阶级间以不同的表情幻化着，但扭曲是其共同特征。

一些具审美意味的男女还将支撑一些时间。何以成为他们这样子的前一阶段，这个时期的内容还有必要说一说。相关于国家政治伦理时期，可称那段时间为前国家政治伦理时期。

追溯这一时期，民国之后一段，几近半个世纪。这时期新旧思想杂陈，中西文化碰撞，同时又伴随内战与混乱。政党间尚在角逐，在朝在野都不是定局。各地军阀割据一方，江湖好汉和流寇土匪都是出没无常。此等情形下，在朝政党很难将国家意识形态贯彻到底，仍有民间缝隙。尤其是第一次世界大战之后的世界经济大萧条，欧美商界将贸易和市场向远东中国转移，上海、江浙、广东、天津、青岛等沿海城市，市场经济在外国殖民和本国资产的挤压中得以发育，改变了历史上中国仅以农业的自然经济为其单一生产活动的局面。但农村依旧以血缘、宗亲维系传统礼仪。

征伐经年，男人辗转沙场。这是生死须臾的事情，要求男人的是最高的军事才华及心智悟性的完美综合。这是无法虚与委蛇的硬功夫，比不得和平环境，虚功夫照样可以堂而皇之。

商界讲求利润盈余，又是对经商者综合能力的检试。历来商场如战场。剔除权钱交易，商场拼打，其残酷度不逊战场。

乡绅贤达、骁勇将帅以及商界翘楚，在前国家政治伦理时代，男人们活跃于不同舞台，却都必须以人格魅力和真才实学为其安身立命之本。

这是有缝隙的年代。于是，庙堂之人、江湖之人、市井之人都纷纷寻找自己的位置。月黑天高，倏忽有白衣飞侠穿墙走壁，江湖男人难捺一身稠浓热血，将自己演绎成行为艺术家。也有纨绔子弟，夏天纺绸大褂，冬天裘皮大氅，却是在祖荫之上坐吃山空，千金散尽，只落得潇洒半世而潦倒终生。可这又怎么了？缝隙年月，自我放任，只是祸害自己，没有伤害别人，也就罢了。

这时的女人在干什么？

父权与夫权占统治，血缘作为氏族宗法的重要象征。女人在附庸位置上，她们依自己的美艳与淑贤成为富门选择的资奁。她们属于生育和家庭，不大外出，不参与社会活动。（当然，经过新式学堂的女子可以独立谋生。）她们总在户内，却是穿戴齐整，凤帔霞裾环佩叮当。她们总在户内，面孔紧致白皙，眼神内敛羞涩，没有太多扩张和挑衅性。她们自己没有地位，只是夫家的私产。美貌与生育，是她们的地位与未来之保障。

知识分子由于接受到新思想、新文化运动的洗礼，还大都讲求狷介孤傲之气。

这是缝隙年月，阶级意识还不是那么鲜明，但阶层划分却已明确。达官显贵者还讲求体面和排场，生活方式推重的是考究精良。内乱时断时续，生活依旧在可能性中软香温玉般推行着。

因为缝隙，还有生长的可能性，但生长中却是良莠不齐、稻稗杂从。但这样的土壤至少没有完全板结。

这并不是供人凭吊和怀想的年月。特权者在那时享尽荣华富贵，当然，他们必须得自己打拼。大众的基本生活水平低下。国家政治伦理的得胜，正在于从道德上，而非从法理上论证了必须将特权者和穷苦人二者的身份、地位做一颠倒。因此拥戴者众。

五、重申个人自由伦理实践

自我放任、自我推诿、自我糟蹋的粗略描述，大致构成国家政治伦理的前后之链。尤其对自我糟蹋的扫瞄，并不是为了让人气馁和绝望，端的是“知耻近乎勇”，认识自我，为的是更新自我。这种更新，必须有理性之光重新照彻心田，这就是福柯的自我呵护。也如伊壁鸠鲁所言：“关注自我没有年龄限制。关注自己的灵魂，从不会太早，也不会太晚。”

中国现在进入到一个十分复杂微妙的时期，现代化和现代性，制度经济学和制度社会学扭结、无从厘清，都使问题的讨论晦暗不明。但重申个人自由伦理实践，这是走向个人进步与民族繁荣的必要条件与前提，据此，应该可以达成共识。

但是一提个人自由伦理这话，许多人就怕了。因为在中国人的民性中，这实在是陌生和稀缺的品质。当西方人高喊“不自由，毋宁死”时，中国人想说的是“不平等，要他死”。中国人习惯于平等而非自由的提法。

早在1859年，英国人密尔出版《论自由》一书，已为自由划定严格限阈。自由首先是“不使自己成为他人的妨碍”。自由保证了个人性格可以发展，而不是随了别人。反之，“不以自己的性格却以他人的传统和习俗为行为准则的地方，那里就缺少人类幸福的主要因素之一”。[1]自由便是每个人必须遵守的行为准则，不仅不妨碍、不伤害别人，还要尊重别人。重要的是担负责任。担负责任就是自己制定生活方案，自己判断，并承担一切结果。

这大概就是个人自由伦理实践的内核了。

但现在许多人却有很多借口，以国民素质低下，以制度设计的缺陷没有得到改正为由，将这一实践看成特权者的事情，而无法普遍化。其实，在现有的可允准的范围，你不那么心灰意懒，你悄悄打起精神，试着去恢复每天生活的勇气不可以吗？米沃什说：“我的经验是，人在清晨须早起……”黎明即起，洒扫庭除。热爱运动，衣着清爽，精神振作，这不可以试着去做做吗？福柯早已放弃积极的社会政治哲学的努力，将兴趣转向生存美学，这正是为了让普通的人可以去做。

但是现在，除了见到心灰意懒的人，就是那些愤懑的人。愤懑的人，其实大都是有正义感和良知的人，其中也不乏对问题有犀利、独到见解者。这些人，总在愤懑的议论中，说到痛处，不禁扼腕。与这些人

---

[1] 见[英]汉默顿：《思想的盛宴》，王彤译，九州出版社，2005年，第626页。

待久一些，就不再想别的了，别的都没有兴趣，只在愤懑中，仿佛正义、公理都在自己的掌握中。他们因愤懑而倦怠一切。他们喝酒，长叹，熬夜，早晨不想起身，起身干什么？无望得很。世俗凡尘，皆没意思。他们茶饭无心，凡事无心，只有痛心疾首、忧国忧民。准备陪这民族做万世的牺牲。

但福柯则有说项。他不看重积极的政治参与，而看重那细节处的审美生活，其深切表述只能是：苦难会过去，而生命也会过去。善待生命，自我呵护，将是对一切戕害生命的抗争。

福柯甚至开始对波德莱尔笔下的“花花公子”感起兴趣来，认为这是些行为艺术家。他们藐视常规，招摇过市，能够产生这些人，其时代的条件也定是十分严苛。没有政治清明、国泰民安、多元并行，这些花花公子绝无条件产生。

甚至纨绔子弟，甚至颓废的人，也都有存在的理由。如果是他自己设计的生活方案，结果都由他自己承担。如果他没有妨碍他人，而只是祸害了自己，社会就不应干涉。借口为了他好而去干涉，历史和司法有过许多教训。

重申个人自由伦理实践，有人会质疑这会不会损害普通人的利益？其实民众最有素质。普通人深知冷暖饥饱的滋味。农民罢免和选举村官时，谁好谁坏心知肚明。而自发秩序（哈耶克语）之所以自发，正因为发乎真实，它绝对胜过强制性秩序。如果个人不再进行自由伦理之实践，未来还能有什么可指望的？密尔于是又说：“只有通过精心培植个性，而不是使个性泯灭，人类才能变得对自己和他人都有价值，人类生活才能变得有趣和丰富多样。个性就等于发展。凡性格力量丰富充足的时候和地方，个性也就丰足；一个社会中个性的数量，一般总是和那个社会中所含天才异禀、精神力量和道德勇气的数量成正比。今天敢于特立独行的人如此之少，这正是这个时代主要危险的标志。”[1]

再回到福柯。桀骜不驯的福柯目光开始温婉，开始从宏阔走向细节，从历史深处走向美学生活。但在美学之前，需要多少好东西为之铺垫。正如同正义之前要有法律的肃严，平等之前要有充裕的财富一样。

美好的面孔，美好的形容，多么直接，将把苍茫照亮，把沉迈赶开。但成为这样子，制度、教育、金钱、健康、才情种种，均为之做着保障。

福柯禁不住联想：从一个美丽的肉体，到其他美丽的肉体，再上升到灵魂中，在“人的活动”中，在“行为准则”中，在“知识”中找到美。这一活动过程连绵不断，直到最后，人们看到了充满美的广阔大地。

这种联想，只朝向往昔的古希腊；至于今后，他语焉不详。这也让我们心里没底。

[1] 见[英]汉默顿：《思想的盛宴》，王彤译，九州出版社，2005年，第626页。

带着不安与歉疚上路

——现代性语境中的性态分析

查拉图斯特拉比任何思想家更勇于面对自己的肉体。……征服道德——透过道德自身、透过真理，以及征服道学家——透过我。

——尼采

关于性态，集中在性意识与性观念的讨论，性行为当然也包括在这里面。应该说在现代性语境中讨论这方面话题会更清晰准确些。目前中国的问题有些莫衷难辨。比如，在这里，现代化作为经济组织手段将成为公开的令人欣喜欢悦的前瞻性远景；而对现代性语境中的诸多问题，其中关涉性态分析方面，显然是歧义纷呈。现代化与现代性不是一个概念，两者不应搅在一起。而现在，纠缠牵绊，是其写照。

但讨论仍然可以如斯进行。

尼采认为讨论肉体可以透过道德、透过我。事情发展到现在，如果是性态分析，这比单纯面对肉体更复杂，那就只好先撇开道德，可以先透过权力、透过真理，这样看起来，或许是深入到内部的思路。

一、“血缘象征”到“性态部署”

写下这个标题，眼前很自然地呈现两种场景：

那村庄很安静地卧在苍穹之下。有蓊蓊郁郁的树，有栅栏围匝的土院或敞轩。傍晚有炊烟袅袅飘逸；入夜，就觉黝黝寂寥，偶尔从某个房舍漏出几丝灯火，又倏地灭了。尤其到了冬天的夜晚，茅屋或窑洞的土炕烧热了，显得格外温馨。贫贱夫妻，只是依偎在一起，便觉活的生趣。生育繁衍、村庄以及命运，可以绵延下去。即使起翘玲珑青瓦大屋的人们，仍然早早地闭门锁户，大红灯笼挂在不同的厢房，有妻或妾在小心翼翼地等候一个男人的幸临。她们锦衣玉食，但也只是作为财富的象征，作为血缘繁盛的自然资源而已。

而在另一个时空。场面是频仍、闪回，在都市的喧嚣声中，人人来去匆匆。男女虽也眉目传情，却又割舍自若。仿佛战场，大家坚守在不同的堡垒。他们在内部歇息憩养，孤身在榻；他们又互相防范并时刻准备对付那些进攻与挑衅。

这就是将要涉及的“血缘象征”和“性态部置”的两个场景性描写了。

前现代性多以血缘为象征。这是关于村落的，以农业文化和自然经济为组织结构。这里将看重生育，看重家族的传承延续。这里将特别强调血统的纯正性，而其保证的条件是，有经济政治和其他实力的男人，将把女人像豢养家禽家畜一样圈在家庭里面。血缘象征的社会，一般是男权政治社会。女人基本上是被黜出历史之书、不发声的、沉默的群体。她们最好的资夲将是年轻、美貌和健康了，因为这样可以保障她们生育更多更健康更英俊的子女，也可以保障后嗣血统的纯正。女人的生育将和她婚后的地位相比衬，性及其快感绝不在她们的意愿和行为中。不独女人，仿佛妻妾都有的男人，他的建功立业和财富储积，才可以保障他娶到满意的妻与妾，但这些女人也多是担负传宗接代使命，其欲求的快感的美学标准不会在这里得以实现。但他们在欲望上的确比女性得到更多鼓励。但鼓励是一方面；另一方面，他得有能力担当妻妾子嗣的吃穿用度。劳作是必需的。一个拼力持家的男人在夜晚归家，妻妾在白天长长的睡眠中，在幽室的出神里渴望男人的抚爱与穿透。但疲惫至极的男人，他一个人该怎么应对这翘盼？血缘象征中，性本身并不自主，而是依附在宗族与家族里，无论男女。

而一旦血统出了问题，血腥就开始了。宗族间的械斗，抢亲，犯淫乱罪时对女人的沉潭、剪灭等等，无不与之有关。这是王权统治时期，等级制度与联婚体制占优势的社会，到处肆虐着饥馑、瘟疫、暴力，法律不健全。权力通过血来说话，血统和血腥，成为根本性的价值，成为具有象征功能的现实。[1] 这里延伸的是福柯的思考。正是他从血缘象征到性态部署的分析，给人以深刻启迪。性绝不单纯是自然与生物的概念。精神分析法将它只归结到这方面，显然无法使自己的学说成为现代性语境里的思想资源。性是性态的，是历史与文化的产物。它与权力不能脱离干系。到了现代社会，性及性态具有新的象征功能。在西方，18世纪之后的工业革命稳健发展，其生产力发展的速度超过了人口增长的速度。人的“生物权力”开始被重视、被重申。可不要小看这生物权力。人被赋予生物权力将比被赋予所谓的政治权力有更多的实在性而非虚妄性。现代社会的门槛迈进来的将是大活人。现代社会在市场、贸易、私人财产的肯定中，在相应健全的法律设置中，人的生物权力，即首先活下去才有可能。人的生物权力，看起来是最低级、最基本的权力，这其实又是最难得到的权力。在现代性之前的任何社会政体中，无

---

[1] 参看刘北成编著《福柯思想肖像》，北京师范大学出版社，1995年，第270、198页。

论僭主政体、皇权政体、专制政体，庶民百姓都难以获得不容置疑的生物权力。如果这些人有活下去的可能，也可能是最高掌权者的恩赐。而随时剥夺和取消这一权力，也是很容易的一件事。极权社会在意识形态上宣称的正是，我赋予了百姓“政治权力”。当百姓被剥夺掉其他权力，其政治权力的虚妄和欺骗性不言而喻。前现代社会的权力特征体现的是最高统治者的意愿，其政策制定上的错误或正确，百姓的死与活将无法猜忖，其人生的悲喜剧何时落到自己头上，懵懂不清。这是权力通过血来说话的时期，血缘与血统，因其内在要求的纯粹，道德被认定为此时期最高的价值与真理。统治者自然而然会干预人的肉体存在，一些人的暴政也在道德的框架内得到认可。概括起来，这往往是让人去“死”的社会时期，内乱、火并、人祸等等都由庶民以活不下去的代价展开。

到了现代性社会，面对不再被饿死或剪除掉的活生生的人，人类的掌权者在其政策制定和策略上，会考虑到将赌注押在生命上，比押在死亡上更划算。在以发展生产力为要事的社会形态，与可以造成大规模人的死亡而无动于衷的社会形态相比，这就人道、人性很多了。这里让人“活”，有饭吃有衣穿有屋住的基本生存保障有了以后，生命也作为一种权力被承认。“食色，性也。”饱暖思淫欲。人的“生物权力”中除了吃饱，接下来将面对性。现代性社会，性及性态将具有新的象征功能。在一个处处可以见到健康、生机勃勃的地方，将绕不开性与性态。性态与权力纠缠厮打。权力描述、唤醒并扶植性；但它又声讨和控诉性，性又成为一个被攻击的目标。但在被攻击时，性自身又在反抗。这是“性态部署”时期，是策略、谋划。当血缘不再成为象征，男性权力与权威也很难再绝对化。女性也不再凄凄无告等待恩赐。生育不再是唯一目的，男女双方开始有闲暇和精力斗智斗勇。

麻烦的时期到来。

二、婚姻秩序与欲望逻辑的冲突

写下这个题目之后，发觉这是个伪问题。考察中国的传统文化，这种冲突在历史发展的脉络上不太清晰也不太明显。谁在承受冲突，以及冲突的熬煎？是男人，还是女人？中国的政治权力和性权力始终处在共谋和一致位置。政权主体是男人，性权主体也是男人。谁占有政权，谁似乎就占有性权，何言冲突？而女人，在边缘处，在沉默无语的历史命运中，内心何敢冲突？当然，这应该说是以血缘象征的前现代阶段；到以性态部署为特征的时期，事情当然就开始变得蹊跷、微妙起来。

性的自然使用权和话语解释权历来在最高权力的掌握和控制之中，在权力的政治结构中总能撞见它无所不能、无所不为的身影。在中国皇权政体时期，国即家，家即国，皇帝是最高的家长。皇帝的就寝房事，都有人随时伺候，一旦皇帝身体些微燥热，这便是可能播下龙种的难逢良辰。当他欲交媾，便有人记下子时丑时，要登记造册，此为国运福礽政务豁然之时。皇帝的欲望及做爱与江山社稷的未来传承接脉关联，一种原本极为私己和隐秘的肉欲冲动，变成公开的举国欢呼的隆庆之事。

皇帝可以有欲，用于播衍龙种，性不必强烈，点到为止。快感的体验绝不属于皇帝。最忌讳皇帝专耽于某一女色，发展到爱。杨贵妃夜夜承恩泽，唐明皇贪欢透支龙体，从此君王不早朝，女人就成为干扰朝政的祸端。

皇帝掌握着至高政治权力，也拥有无边的性权力，可惜他仅仅是肉身一个，而非神仙。他的欲望可以无边无际，但他的身体则有限度。其实在中国皇权统治时期，政权与性权有内在龃龉。如果此时想让一个帝国衰败，就让皇帝夜夜沉溺美色，竭涸性力。感官狂迷于乱花战栗，这个男人再也抖擞不起另外的精神去打理政务了。而大凡励精图治有所宏图的皇帝，则是那略带冷峭薄寒，具有几分禁欲倾向的人，如清代康熙。节制和约束力成为对帝王个人品行的考验，国运的安泰或式微，也似乎与性权的自律自持力相关了。

民间的性活动则在严格控制之中。有戒条和纲常管着，不得丝毫跨界和僭越。在此，道德说教的说谎性已见怪不怪。这也从此确立中国道学从根本上的伪善。因为政权与性权的同一，皇帝治下的各级官僚，也因官位不同而决定对性权力的掌握面积有异。拥有政权主体的男人，也意味他有更多性权。女皇武则天在掌握权力之后也想拥有自己的性权力，却为臣属所诟病。政权，男权，性权共在，是前现代性漫长岁月之写照。有自由狂想的女人，总被妖魔化。

现在就要说到为什么中国家庭的婚姻秩序与欲望逻辑冲突的不成立了。国即家的政权形式，使婚姻成为社会稳定的子单位。皇权政治时期，这里姑且称之为前国家政治伦理时期，尚存在有男权，在婚姻之外，男人大多因实力而有性权力的另外补充。如青楼烟巷，红院芳亭。男人在家憋闷了，呆腻歪了，就来这里散散心。这里的女子，反正额上已掀去贞操二字，名分不想，声誉皆抛，也就成了世上第一潇洒之人。也有色艺双全的玲珑女优，诗词歌赋兼备，文人墨客在此唱和酬对，使这里成为奇妙的放逐性欲又欢娱文心的居集之所。纳妾制的推行，使男人在婚姻秩序中的性欲并不压抑。一切又得看男人的实力，男人如果有庄子有地，外头又有生意有进项，家中妻妾，则有不同铺派。正室多选择贤淑矜持女子，门当户对，相貌略显村朴也不太计较，最好不要狐媚子样地撩人。正室她主家理事，协助男人操持正业。而后的小妾，则会合着男人不同的心致或嗜好：她或纤腰款摆，喜听戏文哼叹小曲，那是陪男人场面应酬的。她或是妖冶春艳，那是床笫间呢喃莺语的内藏尤物。女人经济的不独立，“嫁汉嫁汉，穿衣吃饭”，她们对男人会听之任之，不得加以干涉；若有不识礼数的不贤不淑者，休了便是。女人拥有的只是“生育权力”，多生才会好命。女人一旦寡居，必得守住贞节。

漫漫长长的冬夜寂寥，孤衾凄寒难眠，止不住想要扑向男人的胸膛。却是压住。起身，闭目，捻着佛珠，数着滴漏，听着朔风。月月年年，便见青丝如雪，凝脂如柴了。枯槁的女人有一天终于被埋坟冢。但在村口，却立一青石大碑，上书节妇烈女。道学礼教的实施是针对女人，对男人，多数时候是虚晃一枪。

当然是吟诵爱情。封闭的自然经济和心口不一的教化，让婚姻承担起繁衍后代和产生爱情的双重功能，家庭制度的稳定，是为了政权结构的稳定。戏文唱曲，是牡丹亭的花间细语，是西厢房的低眉怀春，是桃花扇的血溅贞烈，是梁祝化蝶的生死难分。一切情深均指向婚姻，红袖添香、举案齐眉的夫唱妇随为其理想境地。

皇权时期是男根放任时期，也是男人的黄金时代。但且慢，只是男人欢颜，女人被压在青石板下，没有两性间心智、感受的交融，这又有什么意思？但历来男人怕这麻烦。追问什么？感官享乐就是。不习惯于对性权力的合理性根据做一追问的男人，也不可能对政治权力的合法性根据做一追问。凡事都不动脑筋，身体抽搐便是，这种惰性思维，终有一天会报应男人。直接的后果便是，政治权力将在某一天收回男人全部的性权力，因为当这种政治权力需要更集中更极端化时，男人的性权力也会摇撼这一根基，其男根阉割时期必然到来。

性始终很难是单纯的存在，它一直与政治结构相连。在国家政治伦理时期，性作为对绝对权力有可能构成松弛、昏睡的负价值，最先成为被妖孽化，罪恶化，从而列入剪除的对象。在贬斥财产、创新和自由的地方，干预、规训和惩罚肉体及肉欲的革命加大了幅度。男人在这时首先被剥夺掉性特权。1949年以前的中国男人，因为其性特权，男人还贪恋女色。这时的男人还有对在世物质化的眷顾和对异性的恻隐，男人脸上还有些坏坏的笑，有些邪气也显得可爱而不那么奸佞。仍然贪恋女色的男人说到底还是男人，他的内心还没有完全心如铁石，还有一扇脆弱的闸门可以开启。说到这里，似乎在为男人的性特权高唱赞歌了一样。其实是相比较而言，即使野心和强权是这世界的生存逻辑，但男人如果还是男人，还没有被国家权力完全搜刮、一网打尽，那么男人还会在缓冲下来之后，懂得些温润湿濡的滋养。拥揽一个美好的女人，将使男人的内心多一些仁慈，少一些无耻和歹毒。

而在铺天盖地的国家政治伦理展开的时期，是道德框架愈加完善，性被净化的时期。婚姻将前所未有地巩固，但不是性爱的温床，更不是欲望和快感的暖地。男女结成的是生育同盟。因为国力强盛与人口众多成正比，繁衍人口，带有民族昌盛的悲壮感。性爱被妖魔化，生育则被神圣化。福柯从来认为，人体是权力关系运作的中心因素。人体在权力关系支配下变得柔顺，更生产了性。

1968年，中国与西方都在革命的风暴中。但其初衷与结果则是南辕北辙。西方的“五月风暴”是将性解放当成向陈旧的、既有的社会体制和政治权力发难的武器。欢呼彻底的性自由，让自己的感官复苏膨胀到抽搐。耳畔没有风，只有性爱的呻吟。西方人此时将性当成了性政治。西方人后来将为这场绝对自由付出沉重代价，但将罪感和责任同时交到个人手上，在担当中人也开始学习到理性。

此时的中国则为保卫最高权力者不被质疑的伟大神圣而战。同时为围剿性、纯洁性而战。捍卫人间神，人人必须圣洁如处子，身体僵硬，尽量取消性别差异，取中性化。男人此时性力仅为生育，处在男根麻痹状态。这是国家规训要求绝对驯从的严密时期，否则，将有惩罚落到头上。曾经风流倜傥的男人，到头来都没有好下场。原来那一份惜香怜玉的情怀，在自身难保时，渐渐随烟飘散了去。有在运动中的青云直上者，是逢迎、谄媚、陷害他人者，早已断了男儿脊骨。

身体僵硬、感觉僵硬，人不再具有性活力和生命激情，日益地简单与粗鄙。一向具有贵族做派的托马斯·曼曾经开骂，他认为二战中的纳粹用现实中的恐怖和恫吓，连同自我麻痹和自我欺骗，造成心灵的简单和粗鄙、荒芜和野蛮，民众人格和精神的投降和屈从，才为绝对权力者提供统治的便利。[1]

国家政治伦理在制度设计上的缺陷首先表现在男人的萎葸，他们身上有太多让人厌恶的阴暗的东西。他们每做一件事都让人感到别扭，无不充满机心、奸诈，别有企图，不可依赖。也怨不得男人的个体，当他们伤害他人不仅不会受惩，反而会得到种种既得利益，人当然会避害趋利。变本加厉地变坏，将使男人日后迎来恶性循环的爆发期。

这是一个微妙的转折期，是现代化的经济提倡和现代性的观念滞后期。稍稍松动的国家看管，使欲望开始释放和膨胀，但以前制度设计缺陷中的坏元素已植入体内。那气节丧失、风骨折断、人格萎顿的人，肉体在疯狂弹腾，却受制魔咒，长出罂粟。

人的确是“饱暖思淫欲”，在吃的权力获得以后，性开始成为活跃的元素。福柯说“性是进入身体生命和人种生命的通道”。性本身，有等高值和等低值，对它认识的丝毫偏差，都会差之毫厘，失之千里。性可能会带着健康、带着心智、带着推动力而来，可能带着热忱、狂想、激情的建设性思路而来；也可能带着畸态、扭曲、匮乏而来，带着邪恶、歹毒、仇恨等毁灭性思路而来。对性的认识从来没有这般混乱。

[1] 参看米奇尼克《通往公民社会》，崔卫平等译，第130页。

婚姻不再稳定，厌倦之神降临。欲望不遵循内在逻辑而趔趄。因为欲望只适宜掌握个人自由者恰切运用，眼下却不是。有继续受用政治权力好处的人，他利用手中的权力可以买一夜风流，或短时间在一个地方“金屋藏娇”。就个人品行来说，男女私情，仅属他个人所掌握。但现在，他用的是公款，是纳税人的钱，这就不再是个人私事，而是犯罪，是犯了挪用公款罪和渎职罪。1949年以前的男人纳妾，甚至嫖娼，这不该鼓励，是封建；但起码他动用的是自己挣来的钱，属于私产。二者是有严格区分的。继续受用体制好处的男人，对女人完全没有平等、尊重，他已习惯于对上逢迎对下轻蔑。他面对女人，也是不用白不用的作践心理。他们不可能寻到灵智女人，他们多与来自底层民间的柔弱女子做交易。那些女人，没有良好的家庭环境及其专业技能，目前尚有的只是年轻葱茏的身体。女人用这不长时间的年轻美貌换来日后吃穿用度的开销。那男人占有这女人，带有发泄性质，将仕途浮沉中受到的憋闷和压抑，统统朝向她们发泄。肉体到了虚无的抽搐，啪地就摔进深渊。灵魂已死，性力也是无能，然后找更年轻更美貌的女子前来，实施更大的作践。

体制中也有循规蹈矩者。这人衣服落伍，观念陈旧，与发妻倒是不离不弃，但他们身上早已失去活力。体制很容易就把男人给废掉了。

有不被体制除尽的余数吗？还有没有那迷人的人？如果还有迷人的人，这人将以怎样的意志力抗衡着到处是向下拉拽的负赘；这人如果身上还有遵循本能的力量，那力量携着的是丰盛而又无限寂寞的爱；这人可以复杂，但绝不混乱；这是危险分子，但却鲜活沛然。从这人身上，你可以看到命运的惠顾，体会一种世界的远景。

不会平白无故走来这人，这人一定是掌握了个人自由种种奥秘的人。“这人”包括男人和女人在内了。

这人要携带着健康。男人膂力强悍女人风姿绰约，玉成这人，得有多少好东西作为铺垫。得是国泰民安，人有基本的生物权力。身体将与价值存有秘密，与真理存有秘密。这人不下坠，不满脸虚浮和全身臃累，这个轻捷如奔跑塬上的灰鹿。生命状态最骗不了人，生命逻辑是至高无上的优越筛选和淘洗。生命的状态比精神更真实。生命是优越的，品质定会优秀。这人极目远眺，爱意满天。

这人携着心智。之所以如此看重生命，知道苦难会过去，而生命也会过去。时间有限度，正张开大口吞噬每一个有限之人。有对生命下降的恐惧，有"先行于死"的哲学认识，必有"先行于活"的企划。僭越开始之后，人得经历多少惊心动魄的故事。但可以在观念上得到承载，知道自身强大而有活力，便具有另一种道德。[1] 道德是有时间的，一般的道德，是在我们病倒床上，衰老已至，朽如干柴之时，这将维持一种无奈时的体面。人其实多数都是懒洋洋病恹恹的，鲜有生命热烈之人。性爱这可是易碎的器皿，碰不得，鲜有人可以饮啜这酽酽醴香，那得人间高人。多数人不想，生已不易，何谈性爱？多数人把生命质量定得很低，没有力也没心去宴享性爱这个奢侈之事。

现在人和以前的人之所以有区别，正在于以前的人讴歌爱情，身心同一；而现在的人，在他们生命的有效时期，则在秩序之外有着情史和性史的另一秘密通道。这已成不争事实，回避是回避不了的。这显然是个啃不动的难题，先前有很多思考者都是把它先抛撇一边。比如萨特和波伏娃。他们订立君子协议，一生不离不弃，却又不言婚配，允许双方除彼此之外有萍水相逢的艳遇。他们知晓人越丰富，越难以在自由与忠诚之间考量他们的承受力与意志，他们因此先说到明处。但拒绝婚姻本

---

[1] 引自福柯《性经验史》，上海人民出版社，佘碧平译，第144页。

身，是为欲望、为善待自己、不辜负自己找了堂而皇之的充足理由律。他们学说的阐释里面，并没有为婚姻秩序和欲望逻辑寻一追问和解悬。这同时也包括福柯，一生不谈嫁娶，甚至以同性之恋骇世。他和萨特不一样，他在代所有处在性态迷惘中的人思索。他为探索自我而抹消自我，他是自我的自甘埋没。“写作已化同牺牲，甚至同生命的牺牲联系了起来。”福柯说。这是更为粗壮柔韧的灵魂才能够担当的，孱弱的灵魂会被吓得落荒而逃。这就是福柯令现代人格外尊重的地方了。讨论于是还得继续延伸。

三、性不是罪愆，而是危险

当性从国家看管稍稍撤离之后，家庭对性的看管以契约形式存在。除非这个人干脆不要家庭，不要婚姻。婚姻伴随人类文明一起到来，自然有它的合理性。婚姻犹如隐匿的古堡，是经济共同体，也是生育单元。同时它又是人歇息、憩养、遮风避雨的去处。人现在生机盎然时，体会不到在倦乏、病恙、残败之时对此的依赖。人现在诋毁婚姻的存在，却不知正是它为自由提供着可能。人已处在这古堡了，觉出憋闷，拘囿。人在古堡想象着冲出去，去看塬上那老树有力的虬枝，那塍边嬉戏却又倏地飞过的鹭鸟。在古堡，想象力在无限延伸。但如果解除或干脆拒绝婚姻，那是无掖无藏的广阔地平线，只有瑟瑟的风。你尽管可以恣意奔跑，不再有蓊郁丛榛的隐曲，全裸露于野，人不再有僭越冒犯时的刺激和挑战，一切反倒倦惰下来。人类看来并不适宜绝对自由，而只是想要相对自由。

这大概正是现代人普遍的心理吧。

后伦理时代将有许多词要改写。比如忠诚。这是要善待配偶。但如果两个人不错眼珠地盯看一辈子，一般来讲相伴终生白头偕老为好。

却总有那活跃分子，身上总滚动黏稠而热辣的血。婚姻一般不承担强烈的性爱中的颠鸾倒凤。婚姻初年的选择综合了彼此的地位、财产和人品的因素考虑。就算如火如荼的恋爱，总是初春时节的青春男女，他们怀有毛茸茸的憧憬和晨露般未被浸染任何尘埃的洁净心灵。恋爱的目的是为建立一个家。那时，会为气质吸引，谁可能会为性力沉迷？而走到盛年，早已深谙世事和身体隐秘的婚姻男女，因体能和观念形成的差异，其性力也有强弱。这是羞于启齿的事，但当事人知道。闱帐内幕与卧室真相，使婚姻秩序与欲望逻辑才真正开始了冲突。内幕和真相是，这往往与道德的关系不是太直接。那体能强劲且心怀灵动者，最先迎接厌倦之神的降临，体内燥热，原本不想跨界和僭越，但身体却总在背叛灵魂。

僭越从来属于奢侈之事，僭越因此需要许多充分的条件。这是意识到“时间限度”的人。这里，又一次提到时间，可见时间的认知，时间的哲学意味在僭越中扮演着何等重要角色。只有一次的生命啊！上帝，请宽恕一个原罪之人吧。除了想要善待别人，还想善待自己。自由的诗意狂想，使这人眼神有着宽远的熠熠的光芒，身上散发出飞升轻飏的永恒牵引。美好的人，抗拒一切下拽的赘累，这人自然有强烈的辐射感。当然还有性的杀伤力。你能说这是丑陋，这不美？多少下沉的人的确不惹是生非，他们要么承载不了观念，略微的一个暧昧暗示，这人就心悸肉跳，在熬煎中鼻翼两处的苦纹下垂，人损残相。他们要么是疾病缠身，只想蜷曲，在冬天的如狼风吼中，更想卧榻不动，哪里还想奔趱腾挪的性事？他们要么杂冗琐事已坏了所有的心情，日常操心早已令人焦头烂额，哪有闲暇分心去想遥不可及之事？僭越之事从来属于心智强健血脉贲张者。必须是宴享，宴享才会欣喜前往；而不能是折磨，折磨就会打住。

这样说，差不多这人是跳出道德的三界外了。的确，国家看管削弱以后，人是自己对自己的看管，这更拷人。如果自我看管的结果是，你不管经历过多少惊心动魄的故事，你再次走到人前，是容光焕发而不是萎靡不振，是健康充盈而不是枯萎憔悴，这证明你已有能力自我看管，并获得了让自己优秀的可能。

这获得之途却来自僭越。关于现代人，在后伦理时代，又要改写另一个词："隐瞒"。

僭越开头其实是很难过的，毕竟有良心的熬煎。但在数次忏悔之后，仍然没有把那事放下，证明那里面一定有奥义之书需要亲自阅读。依旧是放不下，盛年男女，曾经沧海，除却巫山，穿越多少的横断山脉，却在生命元盈之气的纯正吸引下，最高的礼遇是肉体的愉快相逢，无可自禁，无从禁止。当男人还没有成为一堆衰朽的干柴，当女人还没有枯竭成龟裂的滩地，那几乎是糜烂的璀璨。上帝将何时收回？在吁请公正、真实、准确的傍晚，却又潜入隐瞒的深巷，不在伦理学的敞开，而在美学的掩匿。

这里有必要界定一下政治立场的撒谎和生命状态的隐瞒之差别。

在必然婚姻中引入偶然婚姻。有私生活的自由度吁求，会对不自由的极权与专制抱有天然拒斥。这人可能自觉地选择性伴，就可能自觉地选择自己的政治代言人。经济学诺贝尔奖获得者熊彼特有言，若无世俗生活与私生活，人就有向黑暗势力让步的冲动。一个对异性目不斜视的人，谁也猜不透这人政治上是否心狠手辣。而那隐于暗处的私生活的宴享者，这人要牢牢坚持住生命能量的充沛，实则是要抓紧人的自由权利。有隐瞒，伴随有愧疚与不安，也有着"金风玉露一相逢，便胜却人间无数"的美意。那种美意，带给人惯性的柔软与温情，施及他者，会久久地谢恩，会凡事更加内敛和低调，不会再因七面净八面光的道德优越向人抡起斧头。这人，如果僭越，但又有自我看管的妥当安排，又有仁慈和谦卑的躬身自省，那么，这人的人格正是可以信赖的。那心智的力量如果足够强大，那是天衣无缝的生命游戏，不伤害他人，不要弄成通俗闹剧。因此福柯说得再明白不过：性不是罪愆，而是危险。

为避开危险，就必然地要引入“节制”，这是后伦理时代又要讨论的一个词。你们已经那么惬意，只想对世界发出赞美之声。但在相逢之后必须分手。分别的日子用于更加勤勉的劳作，用于更严肃的事业。没有劳作，就有自己对自己的讨嫌与厌恶，那种沉溺导致的魂不守舍就叫堕落。更多的劳作，带着恒心与推动力，这时候就可能会想，我们劳作如蚁，只是仰望苍穹，才得些许上帝奖掖与恩宠。在分别的日子，更加的沉静与安详，面孔红润恬淡并且洋溸，身心在秘密的扩张中更加内敛。这便是节制。

节制是自律中的理性。不是不做，而是有度。理性将格外发展人对欲望的求真意志，并被赋予特权的宴享快感。福柯再次将欲望和快感做了区分：欲望可能仍然属于感官刺激的，而快感则有综合的美学。福柯一直致力于对照区分差异性探讨。关于快感，那的确是一种特权，颓废者、涣散者不会有快感。这人只会赖在床上，看阳光洒在自己臃赘的身体，这六神无主得过且过的人终生不知快感。匹配快感体验者，是全部做好准备的身心修行高邈者。这人体验到快感丰盈流畅，淋漓尽致的美学暗示。这是毫无杂念的纯粹之境，蔚蓝色的静谧。形式是席卷，内质却是神定。这人看到天使的翅膀划过清晨的曦光，听到天使在窗棂一闪而过时呢喃神箴的庄严之声。

时代品质的下降，恰恰和人难以体验快感有关。人在欲望的泥淖打滑，没有丰盛和寂静的情欲，连同内部藏有的深深洁癖。只有这些，才是快感的部分条件。在性态分析中一定要意识到，性最微妙，等高值和等低值都包括在里面。若做区分，要进入到一个尚且存在的隐秘地带，看是否有穿越时的战栗、甜蜜、祈盼、忏悔、谢恩等等。

但这里又有疑问：有此等两全其美的好事吗？这是不是在建立一个僭越途中的乌托邦？的确，人总是无力承受背德者的自我指控。国家看管时人只有怠惰，而自我看管时人是否会放任？其实事实是，谁放任，谁堕入万劫不复之深渊，随他去。但自我看管的本质实在是自我救赎，这一定是个有勇气有恒心掌控自我的人。况且，人从本质上说是恐惧堕落和下沉的。

正是现代人行行复行行的撕掳，形成活跃的思想张力。福柯说他赞成法国另一思想家德吕滋的正是："让我们败坏善良意识，让思想在井然有序的相似性表格之外嬉戏。"[1]

写到这里，觉得有必要加上女性主义话语一节。因为当女人从血缘象征的纯粹生育角色逃脱出去，在性态部署的对峙中与男人平分秋色，便使她们在思想的嬉戏形式里，有了对性态分析的清晰认知。

四、女性主义话语与性态分析

现在，类似女巫般的女人跳出三界外开始打量男人。她们在主动审视中已逃脱被审视，从而拥有着话语权力。现代性的到来，是人权的被反复重申，而女权从来属于人权的重要组成部分。女权主义者从来不是以男人为敌，而是希望与男人一道争得人类的自由与繁荣。"和解"是他们的共同祈愿。必须和解，因为僭越途中的秘密穿越，男女相依相随才可以完成。他们的叛逆，是背德于一种契约，而不是以异性为仇视。但在现代性语境的托颐沉思中，女人对曾经受压迫而现在被解放的身体

[1] 参看刘北成编著《福柯思想肖像》，北京师范大学出版社，1995年，第270、198页。

具有格外的敏感。更加安宁也更加活跃的女人，运用身体，拉开了心智的强大与宽远，并掌握着某种行动的节奏，妥帖处理着善后。谁承担越多，谁就收获越多，女性主义话语在葱茏疯长中，给后伦理时代带来新的思想资源。

密密麻麻的心事属于女人。

在僭越途中，其实忏悔是女人的忏悔。在男人，男人则由于先前性特权的惯性懵懂，其道德的栅栏一跨就过去了。如果他有担忧，则是安全的挂虑，如果这已不成为障碍，他真正担忧的是自己生命能量也即性力的削减与衰败，而不是道德冲突的顶撞。男人说，如果先自忏悔，这事就做不成了。这是针对他们的生理特征说的。因此他们必须卸除心理障碍，并且事后也不会掰开揉碎地分析质疑。这样说来，私人话语与个人情绪显然与男性思维有些绝缘。但在女性，却会对这事反复地思忖与揣度，去想这事的前因后果。僭越开始是难过。但撕开秩序的口子，向一条无名的荒原之路走，也是女人掂量再三的。

女人走入盛年，在其知识结构和学术背景都可以自我完成时，她恰恰将目光聚在了关于对“直接性”的理解上。男人是诱拐者吗？在女人已掌握话语权力时谁还能诱拐她？当她听到男人对她纯粹身体活力的称赞时，这比称赞她的话语才能更让她心花怒放。男人不是知识分子，不再与她正襟危坐谈玄论道，但不分青红皂白掳了她走，而不管不顾她的所谓价值标准，这蛮力强悍的感觉是多么的好。在山中，夕阳下，那线条清晰硬朗的下颌已让她注意到男人身上携带的特权。身体燥热着，多么羞于启齿的表达，但在一个悟性极高走入盛年的女人那里，已悄悄地、有了意念妖娆的全部完成。然后改变自己，让自己更健康、更生动，竟是为了迎合男人对直接性的要求。她认为的男人稀有的可贵品质，现在，竟是不松弛不臃赘的肉体活力，这比精神的纯粹更少虚伪和骗人，更让人讶然而着迷。他们彼此因性力而吸引，进而为品质而吸引。女人却会尊重男人的直接性要求。女人不能为自己的阅读和深刻造成的血气枯黄寻找种种理由。女人应该了解男人喜欢看到的鲜艳欲滴。虽说这念头肤浅了些，但那是对生命饱满的眷恋，也是人性的部分。男人何尝不想遇到有高度的女人？但女人如若冷若冰霜寡淡无味，则把男人吓跑了。男人喜欢那种被吸引得神志不清的感觉。那是一个迷人的女人，因价值取向的清晰和亮堂，让人变得有条理和安静，如燥热时分的寒香，拨开雾翳的空阔，在理性中弥漫，花意袭来；爱上女人，犹如爱上真理。

女人为什么总是站在男人的立场并替他们着想？其实这才是慧质慧能的女性主义。女人得让男人爱上自己，为什么不呢？一味对他们讨嫌，两讫的命运对自己有什么好？有一种凛然的女人，凡事讲原则讲泾渭分明，常常能揭出男人的小来。她有切割整齐、截面干净的边界。她薄荷般的洁美的确让人起敬，却也少了故事的线索。却是那迎合着男人直接性的女人，却储存着切面模糊的影像，她凡事总设身处地为男人着想。她想那膂力强健的男人，他身边应该站立一个什么样的女人呢？的确女人不能苍老，再深刻也不能苍老，否则，就没有匹配的神秘的“格式塔”效应了。男人倏忽转身时腾挪脚跟稳稳落地的妥帖，都显出他身体内部血气正旺；女人一旦苍老，站在这男人跟前，就有了讽刺。女人也不能太过消瘦狷介，那如小溪的蓝调血流，纤柔细弱，她撑不住那场汹涌，他对她就成了侵略和蹂躏，她会落英缤纷。他身边的女人，应是风月无边，血力充盈的女人。但多少女人撑不住时间的打磨，没有几年，就残花败柳了。于是，男人对女人的精神是不管不顾了，他们会退而求其次，这让多少深刻的女人恨得牙根发疼，却又无可奈何。索性两讫，但女人凄风苦雨的两讫，却少了多少人生况味。人只有一季，犹如麦子，秋天到来，就是场光地净。这个时代，无论男人多么令人讨嫌，却是不能两讫。得让男人爱上自己，不但爱上高度，更要爱上迷人的眩晕。迎合他们的直接性。为什么不呢？让自己找到正确的疗治补养等等珍视自我的办法，尽量让自己性别特征鲜明而非中性化，这对自己没什么不好。只有热爱他们，才能了解他们。其实有男人是真懂女人啊，他们内心深处对女人有一个高度，这是在对世界有一个高度。只是他们找不到时，会退而求其次。聪明的女人却不要求男人的高度，她们更宽宥和客观，知道男人没有高度，太高度的男人就太道义化而抽象了。男人只要有意思就够了。

语言中的女人现在知道那葆有肉身活力的男人，是在抗拒多少尘世剥蚀才能坚持到现在。肉体不衰竭，精神就不会衰竭。女人现在居然是如此大胆立论。女人想，何处找到有意思的男人？有一类男人眼睛总是躲躲闪闪，显得羞怯，也显得多情。他文艺而诗性，喜欢玩弄纸上文字情感游戏，这正合了一般女人尤喜精神恋爱的嗜好。一来二去，就有了妙不可言的兴奋。在情欲与情感中，女人不是一般女人，她在欢呼狂飙突进的力量。她首先将原罪引入，而不是扮演无辜者和被伤害者。如果有着纯粹的性力吸引，不该鄙薄，这将是两个旗鼓相当的男女，心智修炼、身体图腾，对时间限度和生命的一次性有哲学认知的一致以后，才可能抵达的境界。通往身体的仙境之门，犹如通往思想的仙境之门。性力的纯粹，因理性启发，始于情欲的神秘，而后发展成行为的神圣。

密密麻麻的心事属于女人。

其实女人在学习语言的开山凿石运动中，早已累得筋疲力尽。背转世界的受难表情，构成另一种思想资源。她原本已不想再通过女性特质来与这世界照面。如果按照古典主义思想家的解释，世界彻底性的探寻之路，将是绝对之路，这里不分男女，统统都是双手布满厚茧与血痂，劳顿不休，不得注入杂念。但女人却被深谷吹来的自然蛮力的罡风吹昏，她开始在想，造化何为啊？

不想这汹涌澎湃之事，却是罡风袭来。身体真是一个仙境呢！怎么办？却是必须经由女人掌握节奏。不见就不见了，不再有强烈感受。让日子拉长、再拉长。推迟和延缓再一次相遇的时间。让饥饿与亏匮到来，警醒满胀和饱魇。不拉长时间，即使让她宴享生命，她也不会领情，她会怨訾因频繁而被摧毁的意志力。却仍是没有切断这连脉和牵缠，要自己有迎合的表情和风度，为的是有种种活的思想。不想被时间的黑手拉向深渊，从而成为自甘残败的人。那从不魅惑男人的女人，身上不散发危险，站着坐着，都无声无阒。她可能是伦理中的贤淑女子，却未必是语言中人。语言的女人内部奇思异想，想象兴风作浪，却是经由欲望，获得更多的失重追问和展开，为须触提供养料，以期长成华冠霞帔的大树。

如果有宴享的打算，那也是始于对时间的恐惧和绝望。人的一生会越来越黯淡，谁曾经迸发过热情？有过造次与冒犯，谁就不枉此生。

但女人在经历炼狱之火时，则受尽熬煎；但她一旦蜕变，则为涅槃。在剜心般的追问的疼痛过后，她将更加低眉敛目，收起抱怨和挑衅，不再飞扬跋扈；也不再甜腻发嗲无病呻吟。语言之树长出真实准确，不想也不会自欺欺人。

但大多时候，男人对女性主义话语不感兴趣。女人只有在话语中才更深入地理解和热爱他们，但他们不领情。他们认为女人在那里上蹿下跳，披露隐私，把自己弄得很是尴尬，甚至体无完肤。女人在私人领域的写作无论取得怎样的美学价值，男人都不大愿意承认这美学价值。男人甚是矛盾：在直接性的倡导中，他们接触到生命本质；但在语言逻辑上他们却虚与委蛇。他们盛赞实际生活中隐忍、勤勉、柔韧，有苦不告苦的女人；他们如果写作，也多将笔触指向那干涸多皱，如蒲葵般的底层女人。其实，这已不是写女人，而是写自己的道德优越。迄今，很少见男性写作者对那些彰显生命特质和个性化追求的女性给以礼赞。也因此可以遗憾地说，现代性语境分析中，男人多使用陈旧的观念和词语；却是女人，以身试法，以“我不下地狱谁下地狱”的果敢，为新的语词分析提供佐证和依据。

女性主义再一次体现了自己的宽容。她们开始不计较也不记恨男人。她们想，在制度设计的缺陷中，怎能考验男人的公正良知和品行？如果仕途升迁以泯灭公道与创新能力为前提，人会悄悄地进行成本核算，人是天然的趋利避害的动物。男人很现实，他要养家糊口，他又要权大气粗的良好感觉。那既得利益怎会拱手出让？

而在权力边缘的女人，会相对超然些。况且，女人在倦于奔波从而更深地沉入内心之时，也将认知真相的使命接了过来。男人现在大都害怕孤单，害怕长久的精神运动形式，害怕将自己变成病理学特征的原创性生涯。谁在语言中，谁就更悲天悯人。女人不能与男人两讫，要学会欣赏他们，哪怕是他们不经意间嘴角流露出的一丝无邪的笑容，足以抵消平日的装腔作势。况且快乐是双方的，和解与欣赏必须是双方的。追问与反省也一定是双方的。

女性主义话语在性态分析中似乎占尽风头，把男人给比了下去。但那种得意洋洋里是不是也有所偏颇，也因太过机智而显得诡谲、灰隐和阴鸷了些呢？她们在自我感觉良好之后，是否必须警惕？否则自己是太过妖精了。

五、古典主义知识分子与现代知识分子的不同使命

有很多人会做这样的质疑：在制度设计的缺陷尚未得到纠正时，引入美学领域的隐秘事件，去做这种种关于个人闲愁的性态分析是否奢

侈？的确，有许多自诩为公共空间有发言权的知识分子，不屑于讨论这方面的问题。他们自认为担纲着忧国忧民的大使命，因此必须要有庄严肃穆乃至受难的表情。他们欲为民众树立一个圣洁虔诚的楷模。他们认为涉及“公共道义”而非“私人烦扰”的问题才可以理直气壮，才有意义；否则，就是目光和心胸狭窄了些。

事情发展到现在，果真如此吗？

的确，古典主义知识分子如俄国的别尔嘉耶夫曾盛赞爱欲是向上超升的爱，比男女之间的爱更深广。他同时代的思想家索洛维约夫一生都沉浸于柏拉图的精神恋爱里。据称他始终不喜欢有血有肉的女子，仅钟情于显示神意的永恒的女性气质。[1] 而诗人里尔克则是站在山岗上歌唱爱情的女神的祭司。

他们纯净、飞升、超邈，插着天使的翼翅。

时间在走，又在改变一切。如果有人曾于清凉爽宜的操守寂风中伫立，曾经唤醒过人身上的圣洁与崇高；那么现在，人却知，永恒仅是一个高度，瞬间的温暖才让人记忆如春。白天的繁忙过后，傍晚来临，人不知怎么打发自己。无论是谁，都在想，如果张开双臂扑到的是绝对的虚无，那真是很难过啊。性在温饱基本解决以后，已不再是特权者的专利，而成为普遍的问题。性的困惑、盲目、混乱，也从来没有像今天这样进入多事之秋。这怎么能是私事？它分明已成为公共空间领域的重要事件，如果仍然回避，这则是所谓知识分子的缺席了。

在以上的讨论中屡屡提到福柯，这是因为福柯更加深谙现代人的某种真实。他力求从身体出发去抵达真理，因为色情而洞晓世事。他是在拿着榔头去敲击制度大厦的地基，看它是否已被假相的白蚁蛀蚀。与

[1] 见[俄]别尔嘉耶夫《人的奴役与自由》，徐黎明译，贵州人民出版社，1999年，第198页。

其说他是在嬉戏中获得现代语境中思想分析的资格，不如说他是在绝望里。

记起1975年的福柯在5月这万木争春日子里的“死亡谷”之行。福柯又一次采取吸食毒品这一极端形式，为的是“万花筒的突然转动，产生出一些符号，它们将在瞬间显示掷出的骰子的结果和另一场游戏的结局”（福柯语）。他为什么要这样？要这样铤而走险？止不住让人迁怒于怂恿此次之行的瓦德了。福柯这只在峭壁的顶崖站着的雪狐，却是“悬浮在各种形式之间，除了风，别无他求”。在极致处，轻飘飘的停滞感，蝴蝶翩翩般的心醉神迷，抹去了愁眉苦脸，挖去了中性的根基，在乱吃中带出了重新排列秩序的幻觉事件。

这幻觉事件的制造者福柯，却参与到最为混乱难辩的现代性话题的讨论中。正是他，因幻觉事件的制造而拥有了资格。古典主义者是用传统历史的眼睛向上看，思考弥足高贵的形式，抽象的理念，纯粹的个性；而福柯认为的现代语境，则是关心最贴近的事物，其中包括肉体、性欲及快感。法国诗人图莱曾经有一句诗：“每一种快乐都有缺陷。”福柯其实也早就意识到：“讨论性是一件令人尴尬的事情。”但即使令人尴尬也要讨论。古典主义写作者一心伺神，遵循“悲剧性神学”的原则，他们不在伦理学困境中左突右撞；而现代语境中的写作者却在“欲望化诗学”中规避着爱情神话与高尚品味。美国顶尖批评家苏珊·桑塔格说道：“为取代艺术阐释学，我们需要一门艺术色情学。”[1]

如果依循古典思路只讨论道德，那确实会有许多体面和泰然，更优越更自足更无懈可击；如果讨论性，则是冒犯和冒险，会惹来误解与麻烦。事实上，不讨论，它依旧存在。劳伦斯有一番衷言：“在过去，有

[1] 见苏珊·桑塔格《反对阐释》，程巍译，上海译文出版社，2003年，第17页。

那么多的活动，特别是性活动，单调乏味和令人厌恶地重复着，在思想与理解中没有相应的发展。现在，我们的任务就是理解性经验。今天，对性本能的自觉理解要比性活动本身重要得多。”从前，自由的吁请和落实从来没有像现在这样深入人心，人们也从来没有像现在这样清醒地认识身体与权力意志、认知真理之间的关系。人们不再单凭善良愿望行事，如果人们开始变得复杂隐曲，就不那么好唬弄，规训就失去了土壤。

但应该强调的是，有些属于生命禁区的地方，不是谁说进去就可以进去的，这更考量人的自由掌握。这不是因为立场，而是关乎能力。若有心力仍然要进行那番闯荡，那就带着不安与歉疚上路。

谁能以穷人的名义

——知识分子认知限度及分析

对于头脑激进的人来说，追求知识往往与其说是一种目的，不如说是一种手段，是一条获得专业知识分子影响力的捷径。

——哈耶克

一、两个不同学科者的一次奇异晤面

事情好像得从1974年瑞典的诺贝尔奖颁奖仪式说起。

这一年，哈耶克以75岁高龄，以第一位自由市场经济学家的身份获本年度经济学奖。与他同时获得此届经济学奖的还有一位名叫缪尔达尔。这是个与哈耶克的经济和政治理念截然不同的人。他是瑞典人。而瑞典，从20世纪30年代到60年代，一直被称赞为福利国家的典范，并被视为正在走一条不偏不倚的“中间道路”：开始时是介于法西斯主义与共产主义之间，后来又介于资本主义与共产主义之间。说来倒也有意思，大凡福利国家，当然是富庶的不缺钱财的国家。一个时期，会去鼓励一些人先在资本主义的市场规律中去创造积累财富；等到钵满箧盈、

国泰民安，又有掌握政权者笼络人心、广施福泽，实行福利社会。等到快要吃光喝净了，又再鼓励市场及其盈利，然后……以此循环往复。劳作者倒也矻矻不倦，惰性者也无后顾之忧。西方的不少国家，也就在这公正与不公正的模糊状态，无奈无可奈中，走着自己趔趄却又化险为夷的路。但这情形一般限于国小人少的地方，船舵偏向暗礁，磨转调头较为容易一些，类似北欧一些国家，便是此等情形。而对于老大帝国，就全然没有这般随意裕如了。

缪尔达尔是当然的左派。不独他，自从1969年开始除和平、物理、医学、文学等奖项，诺贝尔奖项中又增设了经济学，以前的经济学奖给的都是普遍信奉国家干预对经济事务有重要性的人，这些人都差不多擅长使用的是数学和静态分析的框架，把经济学搞得俨然很科学、很纯粹的模样。

而哈耶克则是一个自由主义的信奉者，一个市场经济的坚决捍卫者。他同时将制度经济学、道德伦理学和社会政治哲学加到经济学考虑的动态分析中，他甚至称赞那“具有强烈感染力的文学样式”，这对于创造一种冷静地对待社会主义的“精神状态”具有重要作用。这一认识，为他在这届典礼上结识苏联作家索尔仁尼琴埋下伏笔。

哈耶克已不拘于学科界限，是以一个不断探寻真理和智慧的思想家，形成了自己的在世形象。

这一次，诺贝尔经济学奖搞了一次绝妙的平衡，一个左派，一个右派，观点针锋相对、势不两立。哈耶克刚开始根本不相信自己能够获奖，他自从写出《通往奴役之路》以后，1944年到1974年，这中间已经隔着30年。30年，他从盛年走到耄耋。而世界的格局也发生了多少奇怪的变化。信奉国家干预者几乎是相当长的历史阶段的主流，别的声音发不出来，一旦发声就会被扼住喉管。哈耶克很寂寞，但他并不沮丧和绝望，更不会放弃他对市场经济和法治社会的坚定捍卫。但这种捍卫很难，时不时地会被惹上一身腥。法国的雷蒙·阿隆就被斥为资本家的乏走狗。谁提市场竞争，谁就像没良心的冷酷之人。二战之后，英美国家依旧走自己的市场之路，而欧洲大陆与其说是吸取着教训，不如说是重复着教训。哈耶克有时也会绝望，他不知道可否看到理性思维能成为知识界的习惯，而不是秉持的道德激情。这次的获奖出乎意外，惊讶之余，他看到坚冰有融化的可能，人类会在教训中开始变得聪明一些。比如说吧，福利国家的瑞典，作为诺贝尔奖的东道主，嗣后的经济学奖项频频颁给了芝加哥学派的经济学家，这些人可都是与哈耶克一样推重经济自由秩序的人呐。

话说这届奖项有一个迟来的领奖者前往。这人便是苏联作家，写作《古拉格群岛》的索尔仁尼琴。他1970年获诺贝尔文学奖，那一年，他没来领奖，是害怕自己回不了祖国；1974年他来补领，是因为他已被流放，根本回不去了。瑞典学院常务秘书吉罗两次都为他宣读授奖辞，第一次授奖辞将他和托尔斯泰相提并论，认为他对即使处于备受屈辱时刻的人的品质的描写，也会使人的心灵痛苦得紧缩起来。授奖辞强调了索尔仁尼琴对人的尊严的阐释，即个人不应作为集体的一员出现。个人的命运体现在千百万人中间，千百万人的命运集中在个人身上。第二次的授奖辞则说，人能自由地、充满自信地与人相会，这只能建立在真理上。但困难在于，这世界没有哪个地方能使真理总是受到纯粹的愉快的欢迎。[1]索尔仁尼琴则在获奖演说中说他站在这里，是伴随着倒下的人的阴影。他是爬着几千级台阶走到这里，那是些不屈的、险峻的、冻结的台阶，从幸存的黑暗与寒冷中延伸出来。而许多比他更有天赋、更坚强

---

[1] 见《索尔仁尼琴》，张晓强译，长春出版社，第239页。

的人却死去了。他吟诵着索洛维耶夫的诗：

“甚至锁着锁链我们自己也必须，

完成众神为我们计划好的循环。”

他在领奖台上谈及艺术的性质就是：它能够向一个没有经验的民族传达另一个民族持续许多个十年的严苛的民族磨难，甚至能够使一个民族免于走一条不必要的或者错误的、甚至是灾难的历程，从而使人类历史少走弯路。

他再一次痛心地说，我们能轻率地宣称我们对当前世界的创伤不负责任吗？

这一届的诺贝尔奖，有右派的哈耶克，有流放中的索尔仁尼琴，它自然格外地引人注目。而此时的瑞典，已进入漫长的冬季，天空已显得有些灰意和低迷。但因为这两个人的到场，气氛却显出有些异乎寻常的暖调。哈耶克与索尔仁尼琴却依旧习惯了低调，不大情绪化。若说内心有喜悦，也是喜悦于人类的认知朝向冷静和理性跨了一大步。想想已逝去的日子和人，有些恍惚。这样的两个人，两个不同学科的人在这里奇妙晤面、结识，随后有了联系。这是因为他们相互携带着某种相似的精神气质，必然会走到一起。

不久，哈耶克的著作《通往奴役之路》的俄文版出版，他寄赠一册给索尔仁尼琴。索氏在读完这本书之后写信给哈耶克，说他简直无法相信一个从来没有在苏联生活过的人，却能跟他一样清醒地看到他的国家所遵循的政治主张所导致的后果。

哈耶克当然能看清这种后果，即灾难性后果。许多年以来，哈耶克极力推重市场竞争，推重法律秩序，反对国家干预，因为他知道不按此循环逻辑，便是必然导致奴役之路。但多少年来，人们以为他是念咒语的乌鸦，他的话听起来那么刺耳，那么没心没肺，没有同情和怜悯，不关心没有市场竞争能力的穷人。多少攻击袭来，哈耶克已经不想辩白什么，他只是痛心和忧虑，不知道那些打着穷人旗号的知识者，是书生气十足的认知局限，还是别有用心，在道德制高点占领之后有所图谋。他甚至不知道人类在万劫不复之深渊还要挣扎多久。

索尔仁尼琴则以自己的生活处境和亲身经历，验证着哈耶克所说的事实真相，并以冷静的文学样式，写出了初衷与结果的荒诞和吊诡。

二、记叙斯托雷平及其改革

19世纪的俄国知识分子：革命的圣愚，十二月党人，民粹派，斯拉夫主义者，以及蔑视物质优渥、攻击财富与恒产的人。他们终于以穷人的名义、以苦难的吟唱，为革命铺平了道路。这几乎是全体者的合力，即使有来自上层的重量级人物想要阻止都无济于事。俄罗斯这架神圣战车上了道德之轨，就犹如脱缰的烈马，驰过高加索，驰过西伯利亚，驰过伏尔加沿岸，驰向红色的历史。

1918年出生的索尔仁尼琴，一出生便必然要承担命运的规定。少年时代已有的磨难以及成年以后的牢狱与流放，使他的文学生涯充满了对政治事务的发问和价值判断。他的面孔，透着忧伤的深邃，长方脸，前额宽大，蓄着大胡子。在俄罗斯男人中他算不上伟岸，却始终精爽不衰，思维敏捷，正好可以承担20世纪俄国知识分子新的思想命运。

他的文学有现实描摹的，如著名的《古拉格群岛》、《癌病房》等；另一鸿篇巨制《红轮》，因为没有中译本而鲜为中国读者所知，但此篇制以历史叙述的手法，浓缩了俄罗斯在20世纪初的革命中发生的重大事件，共10卷本，信息量极大，像历史学家的又像艺术家的，把俄国的历史向远处推移，在因果链条中，看清民族灾祸之源。

索尔仁尼琴透过烟岚，与另一个人神会，这人就是沙皇尼古拉二世时期的内务大臣斯托雷平。索氏在《红轮》的系列之一《1914年8月》中，用倒叙手法，写到1906年的“斯托雷平改革”以及后来他被暗杀的悲惨结局。

斯托雷平何许人也？他出身贵族，身上有“真贵族”的狷傲挺峭之气。他身材魁梧，动作急促而坚决，嗓音洪亮，目光深沉。他在当时的官场可以说是出污泥而不染，个人品德无可指摘。他从小在一种自由主义氛围的家庭中长大。他的叔叔研究康德，对人的启蒙悉心领悟。斯托雷平深受叔叔影响。他在1906年6月被任命为沙皇尼古拉二世时的内务大臣，7月任首相。同年，斯托雷平正式开启改革的措施。他开始展开全面的社会改革、土地改革，包括解放农奴，努力改善工人的劳动条件，并进行选举改革，限制沙皇的权力。有人说他是尼古拉二世的宠臣，其实沙皇对他并不喜欢、也不欣赏；只是在社会危机四伏之时，他必须靠斯托雷平打拼和支撑这几近坍颓的帝国大厦。

索尔仁尼琴在小说中写到的有三个人，即斯托雷平、尼古拉二世，还有一个是刺杀斯托雷平的刺客鲍格罗夫。他对斯托雷平明显怀有偏爱；而对尼古拉二世，则在分析中有犀利的讨嫌和无奈；对刺客，他只能摇头了。

那是20世纪初的俄罗斯，却是漫漫暗夜。但在地火的拱动汹涌中，斯托雷平作为自信而善良的强者脱颖而出，犹如耀眼的星光照亮暗夜中的俄罗斯。关键是他已执掌了除沙皇之外最高的权力。这个挚爱俄罗斯的人，不再用眼泪和吟唱的形式，而是以权力手段，意欲将俄罗斯引向新经济的彼岸。在他治下的几年，俄罗斯的国民经济迅速增长，创造着“斯托雷平”奇迹，被誉为是一个“黄金时代”。在农民占绝大多数的俄罗斯，当时的农产品出口惊人，这都始于他将市场竞争和自由经济引入这个古老帝国。原本由农奴制蜕变来的农民，在黑暗的王朝中已习惯于胆怯畏缩、谨慎胆小的生活，生活在狭仄的空间。但他们在摆脱村庄束缚，走向广阔天地以后，眼界开始宽阔，皇权思想开始淡漠，自由独立的个性在生长，公民意识和民主精神开始觉醒。[1]

不独农民，俄罗斯普遍的人都尝到改革的甜头，自由意识在觉醒，更进一步的要求也在酝酿。酝酿的结果是某种奇怪的合力将斯托雷平推向死亡。

斯托雷平的改革在俄罗斯历史上是少有的情形，以往是社会各阶层要求改革而受上层所阻；而这一次，则是统治者内部推行改革。斯托雷平恐怕算是权力高层的一个异类了。在他之上的尼古拉二世与他不是一类人，他们的精神气质大相径庭。

尼古拉二世是个什么人？

这是一个柔弱的人，父亲的专横培养了他唯唯诺诺、优柔寡断的性格。他所受的教育和本人气质都承担不了治理这个国家的重任。他不善于思考、不喜欢大事和宏观把握，比如他对军事战略全无兴趣，却对诸如勋章、列队等津津乐道。他不大想见人，离群索居，不与臣民接触。他对国际事务的无知常常令职业外交家瞠目结舌。他对国内矛盾常在一筹莫展后强行镇压，拒绝沟通和让步。他对立宪政体所提的要求，总是言而无信。制定朝内计划，总是有头无尾。他不听直言进谏，却为献媚者的花言巧语所动。家庭内部的纠纷对他造成的精神刺激，简直比世界大战对他造成的灾难更巨大。[2]

斯托雷平面对这样的君主，纵是一腔热忱又能怎样？他后来失宠自是必然。但在一个阶段内尼古拉二世得用他。

在权力上层，对斯托雷平改革持异议的还有维特。不可讳言，这两

[1] 参看金雁、卞悟《农村公社、改革与革命》，中央编译出版社，第201、264页。

[2] 见《索尔仁尼琴》，长春出版社，张晓强译，第239页。

个人都是世纪之交俄国两大改革家，是日薄西山的罗曼诺夫王朝末期腐败透顶的官场上难得的栋梁之材。他们对俄国近代史进程的影响仅在彼得大帝和亚历山大二世之下。但他们之间有大的龃龉。维特，这个具有荷兰血统的自由派贵族，他在政治上更开明。在一开始他就主张立宪，认为经济改革应该与政治改革并行不悖地展开。但斯托雷平认为应该先把经济搞上去。他有一句名言：“哪里富足了，哪里就会有文明和真正的自由。”当然，他们是差异中的相同，大的方向一致。但维特太过彻底的改革，当然是最早被沙皇一脚踢开。剩下了斯托雷平，他面对的是更为棘手的局面。

国内已经富裕起来的民众，胃口被吊起来了。他们尝到了改革的甜头，但又觉他们被抛向市场，是沙皇及高层把他们放弃了。以前村社中的农民，向来是“只反地主不反皇帝”。作为全权职能的皇廷，流行的口号也是，对民众与其分散放牧，不如集中豢养。人们窃以为自己是受皇廷庇护的，再苦再穷眉峰也有些许的宽慰和舒展。斯托雷平的改革，却是把相当多的人推向市场、推向竞争，这使他们心里没底。再加上，已经展开的市场经济，业已显出某些不公正未能得到及时遏制的现象，人们便把怨恨迁移到斯托雷平身上。他们不愿去想，眼下暂时的不公平竞争的经济，总归比不公平又无竞争的经济要好。但人们往往不想耐心等待逐渐合理的秩序到来。

而在俄国知识界，情形更显复杂。经济的复兴毕竟带来松动与自由，日益成长起来的人文精神，再一次历数起市场与竞争的种种弊端。同时，经济在复兴时，人们的兴趣和注意力在转移，转移到物质财富的创造中，人文知识分子感到了自己不被重视、被边缘化，因而有酸楚、失落、怨艾，然后化为愤恨。

向来，俄罗斯知识界就有普遍的道德诉求和对苦难的偏好。一提及苦难，他们的胸臆间便有崇高与神圣感，他们已将苦难作为正价值予以肯定，对此不加分析地予以美学讴歌。叙写苦难，就有着千秋文章、道德箴言的意思。苦难在他们笔下如铅石般沉重，如夯石般有力；而非苦难的，就是轻飘飘的、浮浅的，因而是负价值的。他们中很少有人去深究，苦难，只是一种不合人意的、窘蹇不堪的低劣的生存处境和艰辛的物质状态，这不是毋庸置疑的价值前提。

苦难的美学讴歌，定然使穷人成为被褒扬的阶级。俄国知识界向来易于将穷人抽象化，认为这是一个概念化的有价值的弱势群体，他们私心里甚至想要使这个阶级固定化，以使自己的同情怜悯有处可施。他们并不去想，一个健全合理的社会，穷人的称谓不是要由哪个阶级、哪部分人恒定不变地承受，社会应该给所有人机会，使那些勤勉者可以由贫穷者成为富有者。畸形病态的社会才会将苦难、穷人当美德颂赞。

斯托雷平的改革，根本用意是想富强俄罗斯，使人摆脱贫穷困苦。但整体的人民不见了，到处是矻矻敛财、发家致富的人，民粹派为此恼火至极。民粹派作家们反对斯托雷平的改革，认为这是过于西化的道路，也即自由会把人毁掉。民粹派一方面对作为整体的“人民”顶礼膜拜，并提出“知识分子要拜倒在人民脚下”的命题；另一方面，他们则把一个个具体的百姓视为草芥。民粹派歌颂土地，同时歌颂生活在土地上的贫穷的人，一旦这些人走出土地，不甘贫穷，他们就认为这些人变质了。民粹派作家乌斯宾斯基就这样写道：我们的人民只要从头到脚、从里到外、全身都沐浴和浸透着土地母亲散发出的光和热，他们就会始终天真烂漫、勇敢刚毅、温顺如赤子。一旦使他们脱离土地，剩下的就只有空虚的灵魂，完全的自由自在，杳渺的远方、无垠的旷野，可怕的爱上哪儿就上哪儿。[1]

[1] 参看金雁、卞悟《农村公社、改革与革命》，中央编译出版社，第201、264页。

民粹派刻意想要保留一个贫困阶级，将其固定化和优化，一旦不合自己的意思，就开始非难。

常见到的文章是把俄国与法国知识分子归拢起来，其实这种分类过于笼统了。在俄国，几乎从来没有产生过像法国的伏尔泰那样对财富有洞察理悟，而同时又具有高明敛财能力的人。这里似乎有必要对伏尔泰多说几句。

伏尔泰是18世纪法国启蒙主义思想家，并被誉赞为“欧洲的良心”。他继承了父亲很高的理财天赋，谙熟投资、放钱和取息。他买政府的彩票发了财，也从事小麦出口生意。他同时是一位老练的银行家，是放款者。他在自己的费内尔庄园开办工厂，优养工人。可以说他是个百万富翁。但他从不是个守财奴和吝啬鬼，他一次再次用金钱资助或赐赠给有需要的人。用他自己的话说：上帝赐给，上帝又拿走，祝福上帝之名。

伏尔泰赞成曼德维尔关于奢侈有益的观点。在一本书出版时，他删除了反对财产一节。早在1736年他就在一首诗中承认：

“我爱奢侈，甚至于舒适的生活，一切享乐，一切艺术。”[1]

他认为没有财富就没有伟大的艺术产生。他个人即使在商务忙碌中也不忘写作，他的《英国人的信札》《查理十二史》《路易十四传》《女仆》及许多剧本，成为人类的宝贵精神财富。

他推重财富，说“财富的影响加倍了一个人的力气”。他不像卢梭那样对平等如此狂迷；他也不赞成爱尔维修说的，若给人同等的教育和机会，不久所有的人就有同等的能力。他说，以为每个人都可以成为牛顿，那是荒唐的想法。他推重英国的政治制度，认为英国的法令，事实

---

[1] 有关伏尔泰，可参看威尔·杜兰《世界文明史·伏尔泰时代》，东方出版社。

上已达到所有人都获得天赋人权的绝妙地步："在躺下时，你可以确信当起来时所拥有的财物将会与躺下休息时一样，你不会在深夜时被迫离妻别子，而被关进牢狱或遭放逐于沙漠、客死他乡；你有权利可以公开发表你的思想……"他更喜欢英国的中产阶级，拿英国人和他们的啤酒比喻：泡沫浮在上面，渣滓沉在底层，但是中间是最好的。

但伏尔泰又希望尽量减少穷人的数量，希望看到每个人都是财产所有人。当卢梭在波兰认可农奴制度时，伏尔泰写道："假如农民不是奴隶，则波兰有三倍于现在的人口和财富。"卢梭本人，拒绝财富，同时也拒绝责任，他把他的孩子都送进育婴院。他常常在咬噬的感觉中，其写作动机始于"怨恨"。而伏尔泰则更惬意，即使在他遭流放的日子，也更宽容。他与卢梭的争执关键在：穷人不是可以信赖也不是不可以信赖，合理的制度应保证穷人有工可做，有饭可食。也不要考验穷人的善良与道义，人生活不下去时，必然会铤而走险。

一向偏颇而执拗的俄国知识界哪有伏尔泰那等的圆融与清醒？斯托雷平纵有三头六臂，终是敌不过来自各方面对他的合力围剿。整体氛围和舆论终于使刺客鲍格罗夫堂皇登场。1911年9月初，失宠的斯托雷平在陪尼古拉二世看戏时，在基辅大剧院被暗杀。索尔仁尼琴这样感叹：

"一张戏票，一支手枪，几排座位的距离，竟能如此不可逆转地改变了一个国家的历史进程。"

已是入秋的俄国，风暴和飞雪还没有降临，却是枪声响了，剧院刹那寂静，然后是哗然。璀璨而凄迷的剧院灯光，在斯托雷平阖上双眼之时，沉入漆黑的尽头。临终时，斯托雷平来得及回忆他孤独无助而又劳心伤神的岁月吗？他该会懊悔自己没有像维特所设想的那样进行立宪、进行一场政治改革吗？他会预见后来的俄罗斯，告密将成为一种风尚、牢狱将成为普通居所吗？

他可能什么都来不及去想了，只看到成群的黑鸟在他头顶斜刺而来。他也许只是希望暗夜结束，朝阳如一片止痛药被吞服，可以抽去钻进枪眼里的风和痛。他什么都来不及去想了。后来的事，就由后来的人去思考和承受吧。

三、哈耶克的忧虑

理智的声音当然最后总能有人听到，但先前，却要经历无数次粗暴的蹂躏。

为什么人类总是在很多时候很多地方滑向奴役之路，是谁从中作祟?

哈耶克的《通往奴役之路》这部集中他思想理念的著作写成于1944年，第二次世界大战尚未结束。他获诺贝尔奖（即他的观念被世人接受与肯定）在1974年，其间相隔30年，他已从身强力壮的盛年走到苍老多病的耄耋之年。

是啊，这30年间，历史模糊而诡异中发生了多少故事。记忆起来，细节都不大令人愉快。对他个人来说，依旧教书、写作、旅行，间或会听歌剧。如果说有故事，那就是他在50年代初与第一个妻子离异，有一段时间陷入道德焦虑中。后来，他释然了，与第二个妻子，那个从小青梅竹马、但因误会而分开的女人结合。让他更觉放松惬意，那就只有这样做了。

世界的这30年，发生的许多事情却是比较令人难过。第二次世界大战结束了，但人们吸取灾难的教训，却将灾难的根由再一次重复运用。这30年间，是国家干预和计划经济在普遍范围实施的盛行期。苏俄模式成为楷模，东欧、远东及相当多的不发达国家争效仿之。在法国，雷蒙·阿隆与萨特之争中，阿隆被几乎所有舆论唾弃，被斥之为资本家的乏走狗。在古巴，切·格瓦拉戴一顶贝雷帽、闪着深邃的眼神在丛林密布中穿行。他职业革命家的造型引人入胜。

一切都在以穷人的名义，在慷慨激昂的攻击市场中人们醺醺然，以为可以通往自由繁荣之路。

哈耶克忧心如焚，他想告诫人们，事情不是这个样子的，这样只能通往奴役之路。但他的声音只能消失在寂寥中。寂寥中的旷野，他踱出书斋，他时而会平静，但他更多的时候会呼嗥。曾经，俄国的托尔斯泰也在旷野中呼嗥，他是在为自己的庄园、地产、为自己出身的富庶而呼出与生俱来的罪感。而哈耶克，他呼嗥的不是从自身拿去，而是希望更多的人富有，而不至坠入贫穷的无底深渊。二者相比较，人们会说，你看，托尔斯泰多么令人肃然起敬，可哈耶克多么没劲儿，只有令人失望的平庸。

哈耶克再一次忧虑，知道事情被人们弄拧了，但劝诫并不顶事。人类之所以不能绕开万劫不复之厄运，正在这里。血的代价看来是要付出了，可惜了那些无辜的人，当然是些穷人。穷人在被那些贩卖观念的人优化以后，被推向的是人祸造成的无边无际的苦难。哈耶克忧虑，但不绝望。他依旧是文静、沉着的气质；依旧明晰、从容，抱着凡事寻根问底的态度；依旧秉持毫无气馁、绝不妥协的立场。他清瘦，面孔因忧虑而有些凄楚的烦扰，使他显得不那么舒泰。他不向公众诉说他的孤独，也不与媒体推心置腹，但他会将自己在缓慢而艰辛的思考中的心里话说出来。

一次再次地要捍卫的仍然是市场经济秩序。

有人不禁发问，人类的事务要关心的有很多，市场经济就那么重要吗?

当然重要。经济问题不再单纯是数据、统计、报表的凝固静态，而是关乎政治制度、法律秩序以及道德伦理的活跃动态。倘若没有市场，也就不可能有价格制定、成本核算、利润获取。最主要的是，没有市场，就没有利益。

“利益”？就别提它了，正是它身上沾满了被泼上去的洗不清的污垢。市场的被攻击，正在于利益的被围剿。利他主义、平等均衡正是对它的反动。知识分子为什么反市场？其中就是反利益，认为它无德无良，身上沾满肮脏和血污。知识分子说，是因为利益，才有了财产私有和贫富不均。又因为经济利益只能经由市场获取，知识分子于是担心那些弱势群体只会成为市场竞争中的败北者。

好，且让我们顺着这个思路，看看阶级抹平、财产均分之后究竟会导致最后什么样的结果。

看到扛包的、采矿的、握锄的、拉纤的，就感到心痛。这是有良知和悲悯情怀者的心理反应。这个心痛的人当然不隶属于这个劳动阶级，而属劳心者。就说这位纤者。他们脊背弯曲、向前倾伏，纤绳深深嵌在肩胛处，而船上坐着淑女名媛、达官显贵，他们稳稳地坐在船上，有说有笑，他们哪里会想拉纤者汗落八瓣的辛苦？有良知的人在心痛之后就想让角色置换一下了。让拉纤的坐船，让坐船的拉纤。而这种角色置换又不可能轻易进行，于是，强制与暴力手段，也即革命的逻辑就将有声有色地展开。

阶级抹平，角色置换之后又怎么样了呢？让原本高处的往低处，让低处的往高处。多少年过去了，坐船的又被认为不合理了。革命的频频发生，正是在置换原理的作用下。当人们忙着这事的时候，却没有费神去想造一艘漂亮先进的机动大船，让原来坐船的和拉纤的都能登上这船，去饱览海上日出的壮丽，观赏沿途宝石般星落的岛屿。这就涉及复杂的建设工作了。

将阶级地位抹平很简单，打打杀杀就完事了。但建设呢？这可就麻烦了。比如造一艘机械化的崭新轮船，这需要技术和智力的高超本事才行。建造工作一旦开始，就没有精力和时间去揪斗人、仇恨人了。这时要启用能工巧匠，要用把复杂零件和精密仪器安装上去的高科技人才。况且，那些零件和仪器先前又得有人制造啊。必须要由真才实学的人组成建设队伍，否则轮船的质量无法保证。这时，光靠人情关系的拉拉扯扯就没用了。轮船是要下水的，没质量保证，是会沉没的，谁还敢坐？还有当初的投资者呢？如此耗蚀血本而无收获，无人会去做这傻事。建设的事实则是：一旦决定开始造船，正是各种优良人才登场的时机。而轮船在外部建造好以后，又要内部装修。舱内各种卧具、饮食器皿、大厅里金碧辉煌的灯盏、墙壁上的画幅等等，这些都需要各个门类的陶器、纺织、镶嵌以及艺术家的配合。这是整体性的工作，是让不同禀赋和才能者各显身手的地方，这也与道德宣讲有本质区分。仅仅去控诉坐船者的劣迹斑斑，去颂赞拉纤者的艰辛贫困，说来说去，又能怎样？仇恨生长了，人的面孔也因此扭曲抽搐。对比建造轮船的人脸上因充实劳作而喜气洋洋，该是多么不同的两种精神面貌。

好，现在再来说财富均分的事。平等作为人类的一种理想，不失其价值，但当它化为目标和手段合一时，事情就背离了初衷。

轰轰烈烈的运动开始了。撕地契，分浮财，没收私有产业，然后是冲进有钱人的房子，将字画真迹、绫罗绸缎统统烧毁，然后再把那镂雕剔透的有菩提花缠绕的紫檀木大床用斧头劈砍，好像这样才能解心头之恨。

当这一切完成，层层递进中，必然带来这样的结果：

首先是人再也不想、也不敢去为个人财产拼搏奋斗了。无论富人或穷人，都在这场摧枯拉朽的政治运动中明白了一个道理，即谁敛财谁倒霉。其次，那丝绸、瓷器、字画等柔软细腻之物怎敌得过斧劈刀刈？从此，粗鄙将被赞扬，人再也不会向往物质文明和艺术之美，人心将干枯龟裂。再则，当惩罚的各种手段朝向那瑟瑟发抖的私产者时，那一刻，开了杀戒，暴力血腥也变得平常普通。从此，人的良知及人性的最后底线全部崩溃。并且，当心狠手辣被奖掖成阶级觉悟高，而从此有政治晋升的资本时，人从此会聪明地进行这场赢利的政治成本核算。

再接下来的问题是，别人的财产怎么可能被随便拿了去？这只能是一个不容置疑的权力集团说了算。这是分配者，他们有权力把财产分给被分配者。从此，社会不再由各色人等构成，只能由国家之象征的分配者与被分配者构成。然后再以此类推，分配者决定着将财产分配给谁，这必定是救世主化身和自我恩典的形象。分配者身上仿佛流淌着神学血液。被分配者只能是些感激涕零中等待分配的人。这必须是些服从和驯顺者，否则，事情就不好办了。分配者的猎猎旌旗之上飘扬着“平等”，远远望去，莫不令人热血沸腾。

有人会去思忖这里面的事实真相吗？作为分配者的政治组织，原本收的就是百姓的钱，也即那些被分配者的钱；但因为权力参与到分配，被分配者则以为沐浴恩典而谢之敬之。政府在充当分配者的角色时，被贴上的正是“社会公正”的标签。哈耶克却是一直在为戳穿这一谎言而战，这也是他被人误解的主要原因。谁可以代表“社会公正”？哈耶克认为社会与政府不能成为分配主体，一旦由权力当局制定专断的分配政策，并越过法律准则，逐渐增加权力，当局决定其用途的资源的份额，从此，他们也会“对任何持不同意见的少数实行强制”[1]。

在计划经济年月，在不计报酬和利益的劳动共同体中，工人出门

---

[1] ［英］哈耶克：《经济、科学与政治：哈耶克思想精粹》，江苏人民出版社，2004年，第216、62页。

上班，只管开动机器，不用考虑产品能否销售出去，劳动似乎充满了浪漫。有多少艳羡的眼神，投向这些国家主人公。农民集体出工，一字排开，浩荡队伍，插秧、收麦、挖河，挑灯夜战，劳动号子，竞赛红旗……劳动与生产的美学浪漫，曾是一个历史阶段的写照，如果不是后来缺吃少穿，国民经济濒于崩溃边缘，谁不想日日笙歌一片？

“匮乏与稀缺”终是如期而至了，人群中开始有些骚动与不满了。这时，就得想办法粉饰太平、掩盖真相，就得用上谎言和欺骗了；再不行，就得再用上强制与暴力了。

在不讲市场与效率，只讲分配与平等的地方，物质越匮乏，分配者的权力就会越来越大。这时，人再一次进行政治成本核算，参加到分配者的队伍，又体面又划算，谁不跃跃欲试？在市场中要做的是经济成本核算，这将意味着每个人必须要有责任心，意味着个人必须要承担风险。偶然的会有机遇，但大部分要靠个人勤勉和创新能力，其中也包括被逼出的诚信。政治成本核算全然不讲这些，讲的是上级的赏识和裙带人伦关系。没有赢利等具体棘手之事压头，只有坐享其成的食客一族，连带的习惯性中的谄媚、欺诈、腐败。连官僚化和低效率这些字眼都不配为之形容。如果这一政体过于高效率，只意味着空耗更多、作孽更大。

在等待分配的日子里，被分配者将用长长的时间等待天上掉下馅饼。平等的道德化宣传，正在于否定个人利益。殊不知，个人主义的希望在于获利和私产，它依靠责任；而集体主义的希望是大同和公有，它必然的是对责任的推诿。个人在无获利希望时会变得发蔫，渐渐地不再会有生机勃勃的创造精神，而只会日益成为一个倦怠的人。另一个诺贝尔经济学奖获得者熊彼特谈到责任心的问题时这样讲道：“没有来自直接责任心的主动积极性，不管面前有怎么完整而正确的大量信息，不会改变无知的存在。”他说即使利用讲座、课堂、讨论会来教导人们如何使用信息，无知仍然会继续下去。

在等待分配的日子，人成为怠惰、病态、服从的人。旨在戕害、翦灭人之活力的制度一俟贯彻到底，人还有什么用呢？尼采被许多人误解着，以为他疯疯癫癫中说的话不足信，细读尼采，你会发现，他虽然不像哈耶克这些人以清晰理性的论证来讨论人与制度的命运关联，但尼采的痛心疾首更直接。他讨论极权，正是贯彻着“任何对生命有害的东西被说成真的，任何激励、强化、肯定、捍卫并且使生命凯旋的东西，都被说成是假的”。他特别提请人们注意以纯粹精神为旗号的动员，他说“纯粹精神是纯粹愚蠢”。他讨厌把“义务”看成高度，这是反对自然本性的，“没有内心需要，没有任何深层的个人欲望，没有快乐的工作、思考和感受，除了义务自动接收器，还有什么比所有这一切更能迅速毁灭的个人？”他认为这恰恰是导致堕落的处方，甚至是导致白痴的处方。极权者仇恨骄傲、勇气、自由和感官快乐、纵情高歌，而让败坏者通过谄媚越位到更高等级，让智商低的压迫智商高的。我们每个人如果不昧良心不说假话，都会有切肤之痛。

知识分子为什么反市场？

其中一个重要口实是说，那些穷人、那些弱势群体及普通人，一定会在市场的激烈竞争中败北。习惯于计划经济，的确到处是没有做好充足准备进入市场的人。但没有准备不是永远不去准备。在实践中学会市场的操作与运用的规律，是每一个不想遭淘汰的、想要抓住任何生存可能性的人的共同心愿。并且，为什么要把穷人固定化？穷人不是因懒惰、耍滑、刁钻、奴性等等的低价值非要遭受抨击；穷人也不是因勤劳、善良、优秀、高尚等等的高价值应予以褒赞。若有人出身卑微，不该被嘲弄，但也不该被美化；穷人不是不可信赖，也不是足可信赖。如果有这种贫贱的阶层存在，这也只能是无奈，这取决于遗传、禀赋、教育及奋斗程度。为什么要将此固化？即使固化他们为价值肯定者和精神优越者，却要让相当多的人承受无可更改的贫穷命运，而不是创造机会让他们改变命运，这一定是阴谋家设定的圈套。

并且，是谁规定了穷人一定会在市场竞争中一败涂地？芸芸众生其实最能透过现象看本质。只有市场可以跃过阶级的樊篱，而使机会降临到每个人头上，而不只是给有权有势者。市场中有起点的公正，而不是结果的公正，哈耶克因此说："一切创造性竞争，都是无法预知结果的行为。"但这恰恰是公正。穷人只有在官本位的社会才会永远哀哀无告，无出头之日。并且，市场自觉遵循优胜劣汰机制，穷人中不乏聪明才智者，正可一展身手。而惰懒耍奸者，才是市场要淘汰的。努力创新者，在市场上永远都会有饭吃。至于对老弱病残者的恤孤惜贫，事实也诚如哈耶克所总结的："一般来说，自由社会事实上不但是守法的社会，并且在现代也一直是以救助病弱和受压迫者为目标的一切伟大的人道主义运动的发祥地。另一方面，不自由的社会无一例外地产生对法律的不敬，对苦难的冷漠，甚至是对恶人的同情。"[1]

再说，穷人不是抽象，不是笼而统之；它是具体的，具体到我们每个人。谁以穷人的名义，谁就是在强奸民意，不顾百姓的死活，为一个统治权力集团的既得利益绞尽脑汁地维持，这只能将百姓拖向深渊。再说，若果把别人通过劳动致富而挣来的钱财搜刮而去以分摊，这叫什么公正？只能为强盗逻辑寻找充足的理由。此时，法律当然必定废弛。当剥夺别人的财产成为惯性，当私产不被保护，这是富人和穷人所有人的财产都不被保护。富人被打倒了，没收了财产，穷人永无翻身改变窘

[1]　［英］哈耶克：《经济、科学与政治：哈耶克思想精粹》，江苏人民出版社，2004年，第216、62页。

况之时，为穷人的宣传，就是一场彻底的骗局与吊诡。在为穷人的名义下，多少血腥罪行横行无忌。

知识分子多少年来却仍然在反市场。这是他们不谙世事的知识限度和迂阔毛病，还是为博名、为作秀等等的别有用心？哈耶克说有的人也不是出于坏心，其忧患和批判也出于真诚，但目标一旦找错，则是助纣为虐了。曾几何时，国家计划经济也把社会繁荣和人类自由视为可以祈盼的目标，但因为没有意识到其中的内在矛盾，因此这个时代最有影响的政治运动，均由这个时代最聪明的代表人物领导，因为这是建立在错误的前提之下，尽管有良好的愿望，却一次次威胁到大多数人的生命。何况还有心怀叵测的煽动家。哈耶克毫不留情地指出：无论在什么地方，社会主义最初都不是工人阶级的运动。它根本就不是那个阶级的利益所必然要求的。那是一些“倒卖观念”的人，是靠“追逐舆论吃饭”的人，这种人既不是有创造性的思想家，也不是某个具体思想领域里的学者或专家。这是一些虚名浮利者。这些人不耐寂寞，汲汲奔走，忙着发言，却不能在缓慢和艰辛的思考中让大脑变得有力而清晰。他们乱讲话，也有很容易发言的渠道，他们在道德感的不容置疑中醺然，获名得利。哈耶克痛心地看到，这些“与民众相比略知一二的煽动家，却能够提供某种解除目前痛苦的有效手段，但是对于他的处方所引起的更为长久的伤害，只有极少数人明白”。

知识分子在反市场的过程中不知想过没有，这样的结果只能让人退到“返祖现象”。哈耶克再次捍卫市场原则，认为这不仅仅是观念、意识之学术争论，而是关系到人类生死存亡的大事件。

哈耶克虽然安静，但他绝不妥协也绝不消极。他看到因种种人祸导致的焚毁，疯狂的年代，无辜的人承担制度设计缺陷的代价，死去，埋葬。在默哀和悼念中，哈耶克等一批信奉自由主义的知识分子在1947年的春天，在瑞士的朝圣山发出呼喊：

文明的诸核心价值正处于危险之中……

我们不能再浪费时间了。

朝圣山周围有日内瓦湖和阿尔卑斯山脉的迪米迪山。公路如一条银带从半山腰穿过，那里是宁静的半农业地区，适合沉思默想和散步。在迷茫雾岚处，却有孤傲挺劲的树，驻足、深呼吸，那年月，尚有志同道合的保持求真激情的人：朝圣山学会成立。

谁以热忱待穷人、待人类，谁就会盛赞生命，于是他的道德箴言是："生命没有目的，生命就是它自身。""生命的目的就是变得繁荣、富足、多彩、快乐。"乃至于他后来与英国首相撒切尔夫人晤面，他为他们对许多问题见解的一致而由衷高兴，但在走出会客厅说的那句话却是：她可真美啊！

四、公正何为？

但凡在历史与社会的重要转型期，总有多质问题纠结缠扯，撕拽不清。俄罗斯上世纪初的斯托雷平改革是如此，第二次世界大战后的欧洲大陆各国是如此，中国自1976年至今也是如此。大家在追问平等何为之后，也在追问正义何为，公正何为。

在中国——历史渊源深厚的农民国家，转型期种种不公正现象的出笼，使很多人倍感郁闷、沮丧和愁眉不展。人们在追问正义何为时，往往会滋生出新的民粹主义思潮，并且怨恨情绪弥漫天空，成为以人民的名义反对个人、以前现代反对现代化负面影响的再次动员。况且，这还不仅仅是单纯地走向现代化面临的负面与陷阱的恐惧，在制度经济学看来，半推半就的改革，想要品尝市场经济的丰盛大餐，又不想放弃政治权力的既得利益，"这只能让新旧寻租联盟有时间给进一步的变革制造障碍”[1]。不明就里的民众和认知限度的知识分子，开始将靶子和矛头对准着不该对准的人。这里，仍不想说知识分子是心怀叵测的，而只是认为他们糊涂和认知局限。

写到这里，不由得想起前几年风靡全国的话剧《切·格瓦拉》。利用话剧本身铿锵有力的朗诵，排比叠加的铺陈效果，不惜将叙事性情节淡化，众人排列整齐地站立于舞台，大段大段的集体台词诵读，平仄押韵朗朗上口，解气而淋漓！剧作家以及台上台下，掀起的是穷人对富人的有力声讨。据报载，北方某一古城，竟有一万人自己买票去看演出（见《广州日报》2001年2月某天的报纸）。这座古城我不陌生，我知道那买票去看演出的多是下岗的、无权无势的普通百姓。他们从不多的仅够糊口或者不够糊口的毫子里挤出买票的钱。记忆中那是多么漂亮温馨的古城。巷子深处，三进院是弧拱型门廊，屋宇大半是雕着菱形或如意图案的窗棂，夹竹桃的粉盈花瓣连同红白石榴花在不同季节开放。那里有一身皂衣的男人又经商又有几分纨绔气的飘洒，那里有一袭白色丝巾揽颈一围娉娉婷婷在石子路上走动的女人。转眼，那里却几乎成了一座废城。

谁之罪？是富人之罪吗？分明有祖传手艺做斗鸡生意的个体劳动者发了些财，却被工商税务盯上了。他们派人在窗口查记每天买鸡的顾客人数，再一年多少天相乘，再数年相加。至此，偷税漏税的罪名便会成立。然后把这家个体罚个精光。为躲下一次厄运，这家人携妻带子连夜出逃，不知流落何方。还有街边卖馒头的，也被各种机构部门的检查罚款弄到停业为止。谁是富人？可能就是这些卖斗鸡的，卖馒头的，想挣几个毫子的普通百姓。庞大的政府食客集团，见钱眼红，欲以将这些略

---

[1] 以下涉及制度经济的问题请参看[德]柯武刚、史漫飞《制度经济学》，商务印书馆，2000年。

见盈余的人盘剥殆尽才算罢休。北方各地，市场经济无从发育，阻挠者正是这些食客一族。民众的确有太多的积怨愤懑，却实在不知向何处发泄，他们借助的那些莫名其妙的发泄渠道，其实早已概念替换，目标转移。

但知识分子不能不懂关穴。

话说格瓦拉。他有着远邃而深情的眸子，棱角分明微微上翘的性感的下巴，还有俊朗而迷人的偶然一笑。他头戴贝雷帽，一身橄榄色戎装。这是一个美男子，却又注定与流浪、战争、丛林和沼泽地连在一起，他的浪漫、激情与革命神话，使他更像一个行为艺术家。当年，他受中国最高领袖的接见，他自称“我是毛泽东的小学生”。又是他，不顾自己的哮喘病，带着毛泽东论游击战的书和聂鲁达的书走向古巴和玻利维亚的丛林。1967年秋天，39岁的格瓦拉来不及平庸和妥协，也来不及世故和反思，光华谢世。他短暂的一生，朋友信赖他，男人以他为楷模，女人则会爱他，连同他的敌人都不得不敬佩他。这个出生于阿根廷马黛茶庄园主家庭的少爷，以一己勇毅和纯洁抵御着世界的卑琐与不公平。一个从富有阶级叛逆而出的人，他在优渥中过腻了，为穷人而呼喊和游击战，激情和嗜血交融起的辉煌人生，多么灿烂！但他能够知道穷人是可以依靠道德者和强权者拯救的吗？他还来不及思索便飘然远去。后人则接过他神圣的火烛，做一煽情。

以穷人的名义，再一次煽动着“怨恨”，怨恨的根由说是两极分化，贫富悬殊。问题的症结真的在此吗？好吧，再一次将富人赶尽杀绝，又能怎么样？但这种情绪的煽动简单、奏效，并且非常可怕。过渡期的混乱，民众渴望恢复熟悉的旧秩序可以理解，改革中的负面代价，不能由无辜的人们去承受。但这笔账应该算到谁的头上？

如果历数目前某些富人的罪状，当然可以举出桩桩件件，比如一些工厂主延长工人劳动时间、增加劳动强度，工人生活和生产环境较差，还有拖欠和扣发工人工资，以及这些私企造成了当地的环境污染等等。媒体舆论频频曝光，使得全社会群体哗然并愤慨一片。其实，惩治私企，由政府公器和舆论牵头真可谓小菜一碟。我们自古以来有对私有产权厌恶和剥夺的冲动，对富人的钳制早已是暗中的同仇敌忾。你私企老板若是自不量力，人民的汪洋大海不把你淹死才怪。报纸几次负面揭露，你立马丧失信誉和民心，马上就会倒闭。就拿污染问题来说，如果某一私企不是背后有当地官员做其靠山，它若污染了河流灌溉和民用水源，各种宣传媒体会毫无顾忌地雀跃前往，既抓了一个坏典型，又是民心所向、是非分明的事，媒体何乐不为？对于当地政府来说，把工作转向关心民众，抵制私企不法行为，是赢取民心、造福四方的光明磊落的政绩，又何乐不为？抓住私企弊端大做文章，是这个社会监督功效迄今发展得最为彻底全面最不带争议和风险，全民诛之讨之的行为，政府公器和全民舆论一旦围剿起不法商人，一夜间便可使之破产。

私企是有许多的令人可恶处，但真实的情形则是，如果不是“权贵资本”，其市场竞争的激烈残酷他们必得领受，概莫能外。私企的不法行为必须予以制裁，但私企本身其实更需要法律而不是不要，否则他们会承担比别人更大的风险。

然而目前的问题是，普通的民众在日益的无助和憔悴中承担着转型期的代价，这何时是个了结，这账又该算到谁的头上？制度经济学的最新研究提及：“一旦旧体制完全失去信任，则迅速的转向新的规则并使所有方面同时发生变化很有利。”即使短时期内不稳定，但迅速连贯、全面地转向新规则仍有大的战略优势，与犹犹豫豫的渐进论相比，主动反应的新规则，旧利益集团的声音更少听到。并且，如果新制度是简单的、普适性的，基本上是禁令性的，就较易于被学会和采用。但同时，进行这样一场干净彻底的转换需要有一个愿意并且有能力如此做的政府。而这又要求有一套新的政治系统，它足够团结并受到广泛支持。但在许多国家，这一条件并未得到满足。

制度转型期的代价由此上升，更杂乱、反复、持续的时间更长。拥有权势的组织集体大规模寻租，权钱交易和权贵资本，利益集团腐败的隐蔽化和强强联手，庞大的权力队伍死死咬住切身利益不放的狠劲，是民众承担起代价的根本原因。

即使如此，也得往前，而不能后退，市场即使不规则，但"黑市"有可能变为"白市"，在必然的竞争规则中，这是企业家和产权运用的训练基地，非法经营者在习惯性的市场游戏中，也可能会发现好处，不再运用欺诈和暴力，开始在交易中执行适当制度，并在集腋成裘中形成另一种舆论。这舆论将呼唤出各方都得到保护的法律。

就具体国情而言，即使是当权力者为挽回岌岌的颓势而进行渐进性改革时，人们也应看到其进步的一面。在这一点上，哈耶克比较温和也有等待的耐心。他说："很高兴权力精英的表面看起来是理智的，很高兴统治集团正在学习如何准确地定义他们利益的界限，很高兴能找到一种政治文明的痕迹。"他进一步指出，如果放弃对这样一种发展态势抱有希望，那么在可选择的对未来的预测中，将只存在政府和人民之间新的暴力对抗，而每一次这样的对抗都可能成为一个民族的悲剧。但在中国思想界的论战中，却有人将自由知识分子对市场的欢迎一概斥之为与政府合谋，并说要在无产者和穷人中产生自己的代言人，这就有些对事实不尊重不负责任了。无产者从来没有可能产生自己的阶级代言人。他们的利益诉求以及由此而来的社会主义提案从来不是他们提供的，而正是一些观念的制造和搬运者。一说到穷人，就是文艺化的感情描摹：饿殍遍野上一群衣衫褴褛、瘦骨嶙峋、睁着茫然无助眼睛的人。这是令人同情、悲悯、感动和颂扬的弱势群体。要代他们立言，要取消竞争，要平等分配，要向富人开刀。

且不论富人何以会以私利促进公共利益，即“如果一个社会有许多富人，那么该社会的其他成员就会享有许多优惠”（哈耶克语）。就算是以穷人的名义、以革命的名义、以公正的名义将财产从富人手中夺过来分给赤贫者，这种强迫大家齐头并进的做法暂时可以使人地位接近，但它很快就会延缓整个队伍的行进速度。而从长远的观点看，它还会使落后者继续落后。

何谓公正？就是法律面前人人平等，就是国王与乞丐都服从同样的法律。

太过迷惑人的、动听的道德高调，让不明真相的人们狂迷快感一阵子，迎来的必是忤逆、兵燹的血腥与暴力之循环。但无辜的人们，却要为知识分子的认知限度和伦理学完美，以及掌握权力者的非理性良善初衷，以死化为抵押。多少人仿佛得意，却是真诚的作孽啊。

谁最关心穷人？那是哈耶克，以及艰辛缓慢的思想求真者。

哈耶克，一首悠长的悲歌。

谁能住进最后的宫殿

——历史决定论及其幻灭

一代代人都是匆匆而去的过客。

——波普尔

一、行走在多伦路

2006年3月，我行走在上海的多伦路上，并特意到“左联”原址参观。往西拐，有一座砖木结构的三层楼洋房，1930年3月，中国左翼作家联盟大会在这里召开。现在此原址已辟为纪念馆。

走进去，房间不甚轩敞，有南方建筑玲珑密致的特点，光线幽暗，屋子里显得有些神秘了。一切都是当年的样子，甚至依旧用的是那时的卫浴。只是二楼和三楼有“左联”图片展出。而在屋子靠墙处放的电视短片，则一次次播映着“左联”成员的事迹。看到的是一张张英气勃勃的面孔，有深邃的眸子，怀着对祖国未来深深的忧虑，不是怅然，而是坚定，相信自己的奋斗牺牲可以迎接到新世纪的曙光。

透过历史的烟岚，我仿佛看到了那些身着长衫或西服的年轻人。

那时的人，怎么面孔那般净朗和清癯？有些超尘脱俗的虚静，却是内心翻卷着大风暴。若是梅雨之夕，淅淅沥沥的雾帘中，他们打一把油布雨伞，迅速将打印好的传单夹在腋下又急匆匆出门了。即使在盯梢、追捕、暗杀的重重危机中，他们的脸上仍是那样平静自若，因为心里有一个大的理想，就无所畏惧了。撩起衫襟，身影隐匿在叆叇的苍茫里。

却在不远处，黄浦江畔，则已矗立起西方各国金融机构的高大楼房。那是用大理石或花岗岩垒砌而成，已是恒心与恒业的永久打算，并不是柴扉陋室的暂时性敷衍潦草之权宜。在淮海路，那时叫霞飞路，德国商人马勒为了心爱的女儿的安徒生童话之梦，竟是花费巨资，聘请顶尖设计师建造了童话般的赭红尖顶的“马勒别墅”。当时西欧各国正遭遇到第一次世界大战后大面积的经济萧条，那些金融家和商人，纷纷把目光投向远东、投向上海。而同时，民族工业也纷纷起步。不问英雄出处的纺织、电力、邮政、面粉、百货等行业的资产者也纷纷在冒险与竞争中浮出，甚是风生水起的旺财。于是，有了那一座座建筑风格各异的公馆，也有了勾画布局整饰的街衢。那是西式镂花栅栏里淙淙的钢琴声，十里洋场的靡靡之音，也有吱呀一声打开的重扉飘来的丁香芬芳，因财富，这个城市有了梦想和传奇。

这都是那些眉宇紧蹙的年轻有为者所不屑的，并将在秘密集会和策划中所要推翻的。

上海真是一个奇异之壤啊。它在资本运作中崛起，有了美不胜收的东西方建筑，有了考究精致的生活形态和仪式，也有各路神仙：冒险家、买办、青红帮、小说家、银行家、工厂主以及报人的粉墨登场；也有职业革命家在昼伏夜行中，在亭子间去策划一场场轰轰烈烈的为理想而奋斗的运动。革命家批判它，却又迷恋这里的吴语、熏风、便利。是便利，街头小食店，一碗大排面和一客炒年糕，不多几个毫子就可以吃好。来这里为报纸写稿也可以解决衣食之忧。而正是在这个已成都市的地方，才有报纸使发表成为可能。从全国各地聚拢上海的有志青年，为上海之梦而来，却也为推翻这产生做梦条件的观念而来。这是因资本运作而蓬勃发育的上海，于是就有了拥有财富的人，有了等级区分，有了上支角和下支角。这就必然惹起左翼情绪。那些拉黄包车的人苦啊，那些小小年纪就进厂劳作的包身工苦啊，那苏州河边一溜低矮的房子里蜷缩在阴湿处的底层人苦啊。却为什么有人不苦？若果上海还是不久前的小渔村，那里到处是鱼贩们的叫卖声和海味不时发出的腥秽气味，可能就没那么多让人控诉批判的地方了。他们不会去想，那些从苏北来的年轻男人，能找到拉黄包车的差事，一家老小就有了饭吃。而那些包身工的确不该进厂做工而该读书或在父母膝下撒娇，但哪有这等好事？他们不做工，在乡下可能会被卖掉或饿死。眼下他们做工挣来的一份薪水，除了养活自己还可以多养活家里的一口人。还有那些棚户区的人们，他们庆幸自己终于有了落脚之处。人其实都会退而求其次地想问题，根据自身原有的实际情况和条件，能活着，都会觉得很不错了。至于那高楼大厦的人们，值得羡慕吗？一桩生意赔了，连跳楼都来不及。哪个行当容易？劳动者原本是有安慰自己的充分理由。只是有志青年却说，应该投身到更宏伟壮丽的事业中，不能就这样苦熬着。这些有信仰的人，他们个人的道德伦理是忘我舍己的献身，并担当起拯救大众的使命。而他们的责任伦理则是要影响和规劝大众也同时献身于一个伟大的目标。那是最后的宫殿，有天才的预言家早已设计好了摹本与蓝图。但谁能住进去？从时间和历史来说，谁都说不出明确的时期，也许比弥赛亚的“千禧之年”还要遥远。但这没什么，时时重申的崇高与神圣感，使一代又一代人的前仆后继不必有所訾言。这是关于“历史法则”的神话，使人甘愿放弃当下，只为那圣殿的甬道铺石添瓦。这又是关于“幸福生活”

的许诺，那社会没有剥削压迫，人人有饭吃有衣穿。这其实是个物质的许诺，却用精神的庄严感镶嵌。于是，在子弹穿过胸口的刹那，没有丝毫的反悔和恐惧；化为碎片，也会在人杰和鬼雄的阴阳地界逍遥。因为他们骄傲自己是在为一个崭新制度的到来而献身。

二、绕不开柏拉图

人矻矻劳作如蚁，却总有先觉者仰望苍穹。不满大地的事物，会憧憬一个美好新世界。那里人人平等富足，没有争吵烦扰。由浪漫主义神学转化为实际生活领域的政治哲学，在人类制度设计上有屡见不鲜的美妙未来设想，比如有平等均衡的大同世界，有水草丰美的伊甸园，有光明永耀的太阳城，当然也有使人心驰神往的乌托邦。

说到这里，就不能撇开古希腊哲人柏拉图，以及他的《理想国》一书（又有译《国家篇》）。他不仅是哲学家，他在政治学、法学等领域都有开辟鸿蒙般的贡献。故英国哲学家怀特海有言："欧洲哲学传统最稳定的一般特征，是由对柏拉图的一系列注释组成的。"况且在那时，哲学是笼括了社会生活各个方面的。

柏拉图越研究哲学，越希望自己可以在政治上有施展的可能。他不一定是亲自躬行，而是想要寻找到可以实现他的政治理想的人，他的理想国才可以建成。

伯罗奔尼撒战争以雅典人的失败而告结束。接着是"三十僭主"推翻了民主政体，但因为实行暴政，仅仅存在八个月就被群众推翻。雅典又恢复了民主政治，但它却又以莫须有的罪名处死了柏拉图的老师苏格拉底，这件事是柏拉图终生痛苦的记忆。在五十多年以后，当他已是七十多岁高龄时，他写下了著名的《第七封信》，不无哀伤地说："那是乱世，是会遇到许多悲惨的事情。"国内情形乱七八糟，柏拉图说当他越来越年长时，看到要正确安排国家事务却是件很困难的事情。没有可靠的朋友和支持者，什么事情也办不成，而这样的人很难找到。

柏拉图其实在盛年曾隔山跨海地进行过这场寻找。他对雅典失望之后，目光转向了西西里岛的叙拉古。叙拉古是希腊本土以西最强大的城邦，其地位堪与当时的东方波斯帝国相媲美。狄奥尼修一世已统治了叙拉古达39年之久，尽管他保留了古老政制的形式，但实际仍推行的是军事独裁。柏拉图更感兴趣的是狄奥尼修一世的姻弟和大臣狄翁。

狄翁当年20多岁，飒爽恣然，他有政治才干，更兼哲学悟性。他曾随柏拉图意大利讲学，他热情接受了有关人类理想的学说，狄翁下决心过与大多数人不同的生活，那就是将道德看得比享乐和奢侈更重。柏拉图三次渡海到西西里岛，到叙拉古。他先是说服狄奥尼修一世制订新的政制，但狄奥尼修一世则企图唆使人将柏拉图当奴隶出卖，幸得有人出资赎出。

柏拉图三次到西西里岛，共计12年。他与其说是寄希望于狄奥尼修一世，不如说是寄希望于狄翁。柏拉图分析说所有现存的城邦无一例外都治理得不好。它们的法律制度除非有惊人的计划并伴随好的运气，不然难以医治。柏拉图把治国希望放在掌握了哲学的国王身上，他坚信只有正确的哲学，能为我们提供分辨什么是对社会和个人有意义的东西。除非是真正的哲学家获得政治权力，或者是出于某种奇迹，政治家成为哲学家，否则，人类社会不可能有什么好日子去过。人类要想过上好日子，就必须善选统治者。可如此不如人愿的周遭环境，有那可以选出的合格的统治者人选吗？谁去选这统治者？人民？人民有这样的遴选能力和高标准吗？

现在，柏拉图还没有来得及往深处去想。

他假定是有那理想的统治者人选的。他说要选择那些真正关心国家利益的人担任统治的职务，他们必须接受严格的教育并在工作中经受锻炼。还要选择一些卫士，服从统治者的法令，成为他们的辅助者。柏拉图对人做了等级区分，他说人同为人，但神在有些人身上加了金子，这样的人适合当统治者；在有些人身上加了银子，这些人适合当卫士；而工人农民身上加的则是铜和铁。这些话听起来有天赋血统的嫌疑，因此柏拉图说起来也是一副吞吞吐吐的样子，并且借助讲故事的口吻说出来，显得不那么理直气壮。他也说到这些身上有金银铜铁的人可以依教育才能不同置换角色，但在有金子的人身上，闪烁的一定是智慧光芒。柏拉图寄希望于哲学王，若从政体形式归类，大概这类人归于“贵族政体”比较合适。这是有好的出身，也同时秉赋有好的品格的人。在柏拉图看来，现实存在的政体有四种，依他评价的高低次序，分别是：荣誉政体、寡头政体、民主政体和僭主政体。

如果略为阐释一下，“荣誉政体”相当于斯巴达的政体，它的特点是好胜争强，贪图名誉。好的政体为何演变成这种政体？这指的是贵族政体会被斯巴达推翻，这只能是原本铜铁阶层的人占据了统治高位，是错误的生育和选择了不适当的统治者。但这一政体还会对先前政体的遗风有所尊重。这不是智者的统治，而是勇者的统治。他们崇尚战争，轻视音乐、教育、艺术、哲学。他们秘密地拥有财富和女人，寻欢作乐。年轻时他们还不那么迷恋钱财，年纪越大越爱财。因为他们知道自己体力在下降，敛财门道和能力不多，但要用钱的地方增多。这是一个善恶混杂的政体。

“寡头政体”，指的是由少数富人掌握统治权，所以又译“富人政体”。这个政体的特征是过去爱荣誉的人现在变成了爱钱财的人。这些人又恰巧成了统治者。他们虽有钱，却不一定具备治理国家的才干。而国家整体会显出贫者愈贫，富者愈富。作为统治者的富人，他实际上只会花国家的钱而变成祸害，而贫者成为乞丐，也会沦为小偷和盗贼，整个国家的秩序将是混乱而恶劣。

“民主政体”又译“平民政制”。说的是城邦中每个成年公民都有同等的权利可以担任公职，如果这公职担当的公民灵魂中还有和谐与秩序尚好。倘若那人的灵魂中既无知识又无理想，虚假的意见就会占上风。他们会称傲慢为有礼，放纵为自由，浪费为慷慨，无耻为勇敢。他们想干什么就干什么，还以为这就是幸运。

“僭主政制”，僭主的意义在这里有变化。古希腊初期，僭主曾在历史上起过进步作用，但后来则成为专制暴君或独裁者。柏拉图重点分析的是后期。在民主政体中逐渐掌权的“有刺的雄蜂”，在僭主政制中成为平民领袖。这些领袖靠掠夺富人的财产分给平民，以博取他们的爱戴，但他们也占有其中的部分。他打倒了许多反对者，自己夺取了最高权位。柏拉图对这类僭主进行过具体描述：掌权初期，他为讨好平民，会分给他们土地，并豁免穷人的债务。一旦他站稳脚跟，不再有内患之忧时，他总有意无意地发起些战争，使人民忙于军役而无暇造反。同时他也将那些思想自由、不服从他统治的人送去作战，借刀杀人。对他原来的伙伴，现在的持不同政见者，他总会千方百计把他们清除掉。好人被他清洗，坏人则保留着。他要驯养一批忠于他的卫士，要扩充军队，而这些都要平民供养。人民将僭主抬起来，本想让他来保护自己的自由，没想到他却奴役人民。这就是僭主政治的本质。

再听柏拉图继续分析僭主暴君个人性格特征。人内部有属于兽性和野性的欲望，一旦这部分被激发，则会成为淫棍、醉汉和疯子，或成为小偷强盗，拐骗儿童，受贿告密。如果这些人在一个国家占少数还算是好，若是这种人成了大多数呢？这些人就会把一个和自己同样心灵的人推为僭主。这样的人掌权，其治下人民将处于贫穷痛苦和忧伤之中。他担心被人推翻，会更加妒忌，不忠实，不正义，不敬神。

除这四种政制之外，柏拉图看中的是贵族政制。它由贤者为王。他必然对生性沉稳而又有一颗高贵仁慈之心的狄翁寄予格外希望。狄翁后来终于推翻狄奥尼修二世，他决定实行贵族政制，但没过多久，他被暗杀了。对狄翁之死，柏拉图有白发人送黑发人的无限苍凉和凄悲。他遥望西西里岛，那仿佛是魔鬼设下的渊薮。他不寒而栗了。

柏拉图两个亲密的人都死掉了。他的老师苏格拉底被逼饮毒酒而死，他的学生与朋友又遭暗杀。柏拉图在《理想国》中一直讨论国家的正义和个人的正义。如今，正义何为？浪漫的政治伦理却在为宫廷送葬。柏拉图哀叹，正义依旧可以作为统治依据，只是那土壤太邪恶了。但有不邪恶的土壤吗？他是否会想，即使狄翁成功地以哲学王的身份治理好了一个国家，但人都是会老的，狄翁之后怎么办？谁能保证他的继任者同他一样贤达圣明？如果侥幸不再，恰恰碰到奸佞之人，这个国家的人民怎么办？柏拉图其实已在“僭主政体”中描述过这种可怕的局面。他的思想在痛苦中将有新的发现，这正是他要留待《法律篇》所要讨论的。

三、波普尔的猜想与反驳

再次重复地说，西方思想学说几乎都绕不开柏拉图。波普尔承认：“柏拉图著作的影响，不论是好是坏，总是无法估计的。人们可以说西方的思想，可以是柏拉图的，或者是反柏拉图的，可是在任何时候都不是非柏拉图的。”

的确，奠定波普尔批判哲学地位的，正是从他对柏拉图的质疑、贬抑开始。他得以获得声名煊赫的科学哲学，又被称之为批判理性主义，其方法论采用的是“猜想与反驳”，即：试错性的猜想，质疑中的反驳。由此哲学基础出发，他对社会政治哲学的贡献集中在反对历史决定论，两本重要著作：《历史决定论的贫困》（1957），《开放社会及其敌人》（1950），体现了他的思想内核。

波普尔先从柏拉图说起，先揪住他在《理想国》的漏洞来展开自己的思路。他似乎不惜先冤枉一下柏拉图了。因为他不可能不知道柏拉图在《法律篇》中对自己前期偏颇思路的纠正。但柏拉图在《理想国》中对“哲学王”无条件的信赖，并且厌恶财富、忽视法律，都会为后来的极权者提供某种口实。英哲学家罗素在提到这些方面时，也不免对柏拉图用了失敬的口吻：“我想要理解他，但对他却很少敬意，就好像他是一个现代的英国人或美国人在宣传着极权主义那样。”[1]

当有人问：“谁应当执行统治？”柏拉图回答：“哲学王。”这是一个训练有素的辩证法家，有神秘主义直觉，掌握着俗世及天堂的秘密。这人在权力和智慧之上，“如果不是神，也和神相似”。

这个与神相似者，他的智性超凡，无所不知，他天然具有预知能力。他悲悯庶众，有关于幸福的许诺。他可以摹造神圣本源，设计蓝图，规划乌托邦工程，让人可以住进那最后的宫殿。这都是先验的历史及决定论，而非经验的时间及相对论。若说后来人们对柏拉图有所诟病，正是他在这几方面让人抓到把柄，并被极权者钻了空子。

且看波普尔的逐次反驳。

如果说有一种人可以无事不知无事不晓，并洞见到社会发展规律和人类演变进程，这显得十分荒唐可笑。人的生命十分短暂，这种肉身的有限也决定了认识的限度。谁都不能跃过时间规定的界面。因此我们都只能是真理的探索者而非占有者。

---

[1] 罗素：《西方哲学史》（上），商务印书馆，中译本，第144页。

看那个额头开阔目光深邃的人，他智慧的大脑在勃勃有力地转动，蹦出的那些美妙而睿智的念头，大抵都是根据当下的环境和面临的棘手之事，去想的对策和解决的办法。但是他再聪明，也不可能想到50年以后的事态演变。纵然他愿意去想未来之事，这也只是他的个人嗜好，是沉思冥想的习惯，是漫无边际的猜测，而距离未来发生的真实性关系不大。但历史决定论者，却对那据说是天才与伟人的念头十分信赖，认为那转动的奇思异想都是可遵循的历史规律，他们足以能预言到人类发展的未来。他因此被伺奉为“人间神”。

人终归不是大全、无限、绝对，不是神。人再有主见和智慧，那也只能是意见，是猜测。古代哲学家色诺芬早就知道这一点，并且用诗句表达过这看法。波普尔引述过它：

神并没有从一开头就为我们把万物昭示；
但是随着时间流逝，
通过探索，人们发现了什么是较好的东西。
可是，至于确实的真理，没有人知道过它，
将来也不会有人知道它，既不知道关于神的，
也不知道关于我所说的一切的真理。
即使他偶尔说出终极真理，
他自己也并不知道它。
因为一切只不过是猜测织成的网。[1]

神的话都有可能是猜测织成的网，到处充满漏缝，那么，人的表达更

[1] 波普尔：《猜想与反驳》，上海译文出版社，第36、506页。

是容易出错。一切只能采取“证伪”和“试错”的方法。人若果学会承认自己的无知，他就靠近了诚实和谦逊的品格。人了解了自己的无知、有知的限度，他就会变得低调、小心翼翼，不敢说大话、用大词。不然，他发言时动辄滔滔雄辩、气贯长虹。若权力在握，必是“一言九鼎”。

哈耶克与波普尔的关系不远不近，但他们思想探求的大方向基本一致。哈耶克谈道：“时间和无知是人类存在的不可避免的组成部分，私人的努力必须对它挑战，但是国家权力不能解决问题。”他甚至认为无知随着科学的发展和文明的进化不是在缩小，而是在扩大，因为现代社会自我协调机制变得越来越复杂。社会发展从来是人类行为的产物，而非人类设计的产物。这是哈耶克看重自发秩序而讨厌干预秩序的一贯思路。现代政治思想的混乱与这些难脱干系。

是否承认人的有限与无知，已不再单纯是书斋里的争执，不单纯是书本上的知识论探讨，它一定会作用于广阔的世界，变成不同制度设计的根据。有的人，不承认自己的有限和无知，只相信自己是有迷人智力结构的人，在政权掌握之后，他要设计的是蔚蓝色岛屿上有座黄金之城，那里没有饥馑、寒冷、嫉妒、烦扰以及战争。只是因为人不可能没有疾病、衰老和死亡。否则，人真是与神同格了。有的人，则承认自己有限和无知，不敢设计什么，只会摸索着前行。前者设计的是“乌托邦工程”，后者摸索中的是“逐渐改良工程”。前者致力于增益幸福，而后者着眼于减少痛苦。前者听起来高亢悦耳，后者听起来却是少气无力。

四、谁能许诺幸福

暴力的行使者从来都是振振有词：我这是为你许诺幸福，你怎么这么不领情？乌托邦工程的道德基础正在这里。

但是，谁能说清什么是幸福？谁又能说已许诺给人以幸福？

围绕幸福二字，伦理学、心理学讨论得不少，归入政治学的讨论是现代性吊诡逻辑的又一种。

柏拉图始终没有明确讨论幸福，他只涉及快乐。努力求善和得到知识才会使人快乐。他再一次提到智慧的人，他认为智慧的人过的是既不快乐又不痛苦的生活。

亚里士多德则认为美德重要，但它也不过是引向智慧的游廊与通道，与之一起，最后才是幸福。

康德是将幸福看做“德性之为”，承担着责任与义务。这是因为18世纪下半叶，以感性论为依据的利己主义伦理学风靡莱茵河西岸。他反对把个人幸福作为最高原则，确切说来它根本就不是什么原则。他认为使一个人成为幸福的人，和使一个人成为善良的人，绝不是一回事。幸福是对德性的意识，德性是幸福的条件，其本身须是无条件的善。而找到德性也就是要找到责任。他对主权者许诺给人民以幸福的主张抱有绝对怀疑。他说幸福原则会在国家权利方面引起恶果，正像它在道德方面所造成的一样。哪怕是它的说教者怀着最良好的愿望。“主权者想根据自己的概念使人民幸福，于是就成了专制主；人民不想放弃自己追求自身幸福这一普遍的人类要求，于是就成了反叛者。”[1]康德从不相信诗人赞颂的黄金时代的景致，他认为这只不过是在无忧无虑、闲情逸致、优哉游哉中猝发的天真无邪的嬉戏和纯粹享受。

幸福其实纯粹是属于个人感受，不决定于谁许诺谁不许诺。它可能只是瞬间片断；半偎卧榻，窗外即使有淅淅沥沥的雨声，也分明感觉到此刻世界的安静。一场小寐，醒来格外爽适、解乏，它带给人好心情，还有空气中的负氧离子，呼吸起来格外清洌，然后慢慢品茶，感觉到了

---

[1] 康德：《历史理性批判文集》，商务印书馆，中译本，第129页。

恬淡安谧中的幸福。幸福大体是柔软之物，若作比喻，那是如丝绸般滑逸，它将与温暖、深情、感动联系在一起。幸福与个体的感受力关系更大些，不一定是直接经济状况的反馈。但贫穷者，连带着幸福的触觉会麻木。穷困中常见的营养不良、饥寒无定、过重的劳动让人落下一身毛病。喘息不匀和心悸无力的时候，幸福感知力会下降乃至于无。富裕以后不一定幸福，但人不凡事挂虑，会多些宽慰，当然若果是恤孤济贫，也会有幸福感。这又涉及善。善看来总与富裕有一定关联，虽说它不一定是必然。

又接着前边波普尔的分析了。相对于乌托邦工程以增加幸福为要义，有一种逐渐改良工程则以减少痛苦为旨归。在认识论上它承认人的限度，因此不会耻笑人可能的无知。它的姿态更平实、谦逊些。制度设计上就更加客观实在。它坚持“试错”，倘有失误，船遇不测，马上可以调头纠偏，不至于酿成大的灾祸。往往是制度设计缺陷中导致的人祸，比天灾尤甚。致力于减少痛苦，是使舆论接受这一看法，此时此地，就同一个个最急迫、棘手的实在的社会罪恶斗争；而不是为一个遥远的、也许永远不能实现的最高的善和理想去做一代代的牺牲，这也许更明智。

波普尔说，如果让我提出社会的可行计划与不可行计划的话，我会这样：努力消除具体的罪恶，而不要实现抽象的善。不要谋求通过政治手段来建立幸福，要把目标放在消除具体的苦难上；或者用更加实际的话来说，用直接的手段，为消灭贫困，例如为确保每个人得到最低收入而斗争；或者通过建立医院和医学院校来向时疫和疾病开战；像和犯罪作斗争一样与文盲作斗争；选定你认为你生活在其中的那个社会最紧迫的罪恶，并尽力耐心说服人们相信我们能够摆脱这种罪恶。

不要设想可以实现一个尽善尽美的社会，不要以为让别人憧憬其美妙和最终受惠是你的使命。波普尔谈到了最关键的一点：我们都是这世界的匆匆过客，我们没有必要为将来的一代代而牺牲，为那个可能永远实现不了的幸福、为可能会有人住进最后的宫殿而牺牲自己短暂的生命。

大地在薄暮中横陈宇宙，远处有蔚蓝氤氲成淡紫色的地平线。在夜间甚至可以听得到噼噼啪啪的拔节声。到了春天，大地万物惊蛰发陈，寒暑嬗替，春去秋来，一年又一年，人生易老，岁月常新。我们人啊，却是犹如田野里生长的麦子，五月的风吹来，麦子穗实饱满，但是过了一季一茬就再也没有了。

我们只是世上匆匆的过客，偶然降此，瞬间片刻一般。因此我们担不起永恒，那只是神的使命。我们只能见证此生，与来世无涉；死了就是死了，再也活不转。如果是老天要收人，如发生车祸地震、台风席卷、火山爆发、瘟疫横肆、自然衰老等等，这是谁也躲不掉的。除此之外，任何倡导和鼓励人去牺牲的教义，无论它据说有多么神圣，都只能说是对人生命的漠视、不敬和践踏。我们只能对此生负责。倘若不提及这一点，任何政党都可以运用观念和意识形态的力量，可以随时、任意剥夺掉人活下去的权利，并冠以无数美丽动听之名。这些阴谋家的歹毒手法，必须予以揭穿。

但是不可能再有关于气节、风骨、殉道等人生的价值观了吗？不是的。但要有被迫性和主动性的严格区分。人应该对自我生命有掌握的权利，也有担待的责任，这是自由主义的责任伦理。乌托邦却是希望伦理，要求人们自我遗忘，从而为一个虚拟的美丽新世界献身。这中间有质的区别。在自由主义的责任伦理中，人看护自己的生与死。如果这人有自己的坚定信念，他愿意奔赴牺牲而九死无悔，譬如信守承诺，譬如致力于致命的原创性语言方式，譬如在极端事件中的舍生取义等等，这些，只要不是被动、盲从，而是他个人的选择，那都关乎他自己的意愿。甚至于残酷地说，自戕行为也是在个人决定下对生命的中止与了断。如果一个人是由于空虚、抑郁、颓丧而想不开，或因他以吸毒等堕落方式而走上不归路，这都不是自由国度的错，而是他以为的最应该做的谢世方式。这依旧是自我掌握和对生命的决断。只是，如果这些像流行病一样蔓延增多，那社会在某种机制上一定是又出了问题。和谐宽容的社会，让人留恋不舍，谁愿选择死而放弃生？这又是新的社会伦理学所要讨论的。

想想看，人实在是微如尘芥，随时可能被什么吞噬了去。人道的制度安排，逐渐教会人的是对生命起码的尊重。

五、崎岖探求之路

制度何以才能正义、合度与美好？讨论从古至今从没间断。制度的本质是，把权力赋予哪个对象？西方的讨论大体围绕国王的权力、人民的权力与议会的权力展开。

霍布斯赞成给国王以权力。1651年他发表《利维坦》一书。这书名便是一个巨兽，隐喻国家政体。他是英国人，他鉴于1642年英国爆发的内战而说："我的祖国因最高权力问题和公民必须服从问题而处于骚乱之中。"他认为只有作为主权者的首脑才能协调世俗权力与精神权力，只有最高权力才能确保一个充满激情、充满冲突的社会具有井然的秩序。但正在他为独裁辩护时，查理一世恢复君主制权威的尝试失败。

生于阿姆斯特丹靠磨镜片为生的斯宾诺莎要维护的是人民的权力，也即公民的权力。他生在荷兰一个难民家庭，在新教教徒中是个不受欢迎的人，这使他的思考带有平民性质。他坚信公民有平等的权利，可以自由思想平静生活。斯宾诺莎坚持的不是泛人民的概念，他的明智是将平民与公民做出区分，他力诫“民主制”蜕变为“平民专政”。他不想看到布丹曾经指出的那种焦躁不安的、煽动性的、能言善辩的人占上风。他把不能自我掌握的人排除在公民之外。但他的思考还没有抵达明晰。

洛克在欧洲政治思想史上可是个重量级人物。他的《政府论》、《论宗教宽容》在整个17世纪引起强烈社会反响。他对人的自由与社会契约论进行深思，他一直拒绝唯一权力的专制主义，以避免一人暴政。他坚持把立法权同行政权分离开，他强调对公民利益的保护，它包括公民的生命、自由、健康，也包括对物质的占有。[1]

18世纪，法国人孟德斯鸠对英国模式很感兴趣，他在《论法的精神》这部著作中，赞赏英国的政治制度中因各种力量相互制衡，才可以有效阻止君主实行集权。他相信法律能够保障贸易活动的正常展开，并改造以恐吓为基础的专制制度。

而后大卫·休谟、亚当·斯密均对此有自由主义思路的论述，密尔对代议制政府的阐释，对当代政治的具体化进程有突出贡献。

仍然可以说都绕不开柏拉图。柏拉图在苏格拉底和狄翁相继死去的沉痛中，潜心于柏拉图学园，他在深入思考中，体会到哲学王靠不住，各种政制都难有伯仲之准确划分，唯有法律，是人们可以依恃的。法律的制定，才可以杜绝人们因国王个人品格的优劣而遭遇到或喜极或悲极的戏剧化命运。《法律篇》一书，标明柏拉图从人治到法治思想的根本转变。

从洞穴到宫殿，路何其远，远至无涯。

但波普尔却故意冤枉着柏拉图，这是为了他论述问题的角度。但大

---

[1] 关于霍布斯、斯宾诺莎、洛克的思想，均参看[意]萨·马斯泰罗内《欧洲政治思想史》，社会科学文献出版社，中译本。

卫·休谟和孟德斯鸠，都承认形成自己的现代政治思想得益于柏拉图及《法律篇》。这种共识即意味着，国王是靠不住的，每个人因其局限都应受法律的监督。理想国何其修远，人类应准确真实地对当下每个细节负责。但这些认识并不那么一致和容易。托克维尔总结道：18世纪和法国大革命以来，产生了两条支流，一条导向制度的自由，一条导向极权的专制。但在汹涌激荡中，西方人开始学会把事情弄得漂亮些。

对于东方民族其中包括中华民族来说，大都迷信于国王的靠得住，因此对制度的探讨一直未能以理性的方式展开。正是因此，当中国文明到盛唐达到顶峰，随后便是不可避免的衰落，后劲难续，自身内部生长的机制停滞和凝固。

20世纪以降，多少志士仁人在探讨救国救民的真理，那些志向高远，摒弃平庸的热血青年，他们相信未来的理想社会，他们将为住进那最后宫殿而前仆后继，这圣洁与崇高的信仰支撑着他们。他们不想只要一间房子，他们睥睨那在客厅里喝着咖啡听着音乐的人，觉得他们这些人的日子终究是太平庸浅薄了。他们倒下了，子弹穿越胸膛时殷红一片，但在离开人世时看到的最后一眼，却是未来的光华满天。那生命的片断辉煌，不能招致否定。只是他们不曾想到，历史决定论作用于历史，却是不合适的、反历史的。

我行走在多伦路一直在想，那些先烈倘若还有芳冢，那大蓬大蓬的蒿草会在季节的风中荣了又枯，枯了又荣。人们除了在凭吊中唏嘘泪下，大概还会陷入无边的思索。

缓慢地迈向公民之路

——职业及阶层的心态分析 [1]

文明的成长，应归结于人对自己的行为及其后果负责这项原则。

——哈耶克

何谓公民？这意味着一个人的权利而非权力。权利是属己的个人利益诉求，而不必服膺于外在权力的威慑。权利的属己性质，可以也允许这个人仅仅有为自己以及家庭筹划的最低理想，而不必苛求他有令人肃然起敬的最高理想。他可以在庸常俗世平淡无奇地过活，却不可以倚重什么为所欲为妨碍和伤害他人。

有人可能会说，是否有必要非要让众人成为公民不可呢？公民概念的长久匮缺，人不是也就这么活下来了？是啊，都是活，可怎么活，区分就大了。成为一个公民，不是更高的价值称谓，而是在命运的真理中，让人可以自尊、体面地活，否则，人就可能像一根脆弱的芦苇可以轻易被折断，可能会像草芥一样可以被随意践踏。公民不是伸手去要什么，或者祈

[1] 原载《花城》2006年第5期。

求别人给他什么，他的自我掌握就是自我负责，担当责任。如果是子民，他面对的是家长制下的皇权，这是一些被赐恩或被赐死的、无能为力的、可以随时被抹去的物种。即使是我们一向视之为神圣的关于人民的称谓，也只是一个悬空的概念。这只能是在集体、组织以及国家的替代下，在笼统许诺而拒绝个人实际需求时，让人日益变得逃避和推卸责任。人无权利，必无担当。围绕这些，有必要廓清一下前路与未知。

一 习惯与后续性

人生在世，睁开眼睛每天总得干些什么，得有事可做，所谓三教九流是也。国人一向的活动区分，是把上手之事即世俗活动看成低价值，而对上心之事即非世俗活动看作高价值。其实，上手和上心之事，原本只是不同禀赋以及文化素养及教育逐渐形成的劳动分工。上心之事大概只能是少数人的事业，可上手之事却是大多数人的劳作方式。有时候这是天命，其中不该有价值高下之分野，若果非要做一衡量，这也只能是看他们在不同的行当中，是否会把自己的事情负责任地完成。

真实地说，发呆和虚无，也即我们说的上心之事都只能是雅人和思想深刻者的专利，这是极少数的人。这极少数人处在这种虚渺不实的时间，但他其实也在劳作，犹如一个农夫——一个精神的农夫正用双手播洒种子到沟沟塍塍。他的发呆只是形式，他蓄势已待，渴望谛听上帝的神谕箴言，正如同农夫等待颗粒饱满的收成。激宕腾挪的内心恰恰需要安驯静谧的形式，这一样是辗重勤勉的劳作。你听到骨节连同血脉轰轰作响的搅拌和磨砥吗？你听到子夜的玫瑰在盛开以后又迅速凋谢的凄怆之声吗？这些发呆的人可以听见。他们捂住耳朵蒙住眼睛，依旧可以听见和看见。

他们不是比一般常人有更多的优越。说他们身上有通巫能力，也只能说他们身上的鬼魅之气重些，这不是什么特权，这恰恰是些更苦难、更失宠的灵魂。

大多数人不适宜这种状态。大多数人需要的只是惯性的推动，不用勉强，也不用说服和动员，他在习惯性中知道有事等他去做，他可以马上起身出门。如果不是，谁想主动呢？设想是在寒冷而阴霾的季节，风打着呼哨，拍打着窗棂，听着就叫人惊栗。如果没有什么硬性规定，人就只想蜷缩床榻。昏昏沉沉中倦怠一切。不要责备人的惰性。你看那些穴居动物，寒冷中总是掩颈卧缩一团，眯着眼睛冬眠不醒。要它们动弹，必须得在食不果腹的本能需要时。人从动物进化而来，他后来纵然有更高级的活动方式，但惰性并不鲜见。

让人克服惰性的唯一办法，对多数人来说是有事等着他非做不可。为一日三餐，为养儿育女，因此这要做之事不是靠动员和觉悟，而是有盈利等着的盼头。至于说这些人在做的过程中成了什么样的人，时间自有水落石出、真相大白的力量。

譬如，一个人开了个小百货摊档。他必须每天开档，盛夏酷暑或滴水成冰的季节都得这样。他得买进卖出，必须要黎明即起，睡不得懒觉。渐渐地已成习惯，不会觉得动身劳作是一件多么为难和艰辛的事。反倒没事可干时，心里会发慌发虚。常常有事要打理清爽，于是便将时间一应安排妥当，不急不缓。他的生意不冷不热，不会赚很多钱，却也有进项，足以维持一家人的吃穿用度，并略有盈余。不怎么理想远大，但也不做缺斤短两那种昧良心的事。每到夜晚，躺在床上，盘算一下货品及销售，也稍稍清理一下思绪。基本上自己可以称得上是个好人，有童叟无欺的口碑，街坊邻居还算信赖，回头客日渐增多。得益众人拾柴和捧场，生计有着，日子安顿下来。于是，处在安心里，便沉浸于结实而宁静的黑暗，酣然入眠。

就这样，日子一天天过下去，顺流直下地淌着，波澜不兴地在惯性中循环。平头百姓，只是凭劳动吃饭，也得凭良心吃饭，否则这碗饭就没得吃。门面不大，隔几年修一次。如果没有政府因为扩建道路或修筑公共设施被强令拆迁，大概可能会维持小本买卖，并娶妻生子，一代一代。还要继续干下去，若问及何为动力？他只为很实在地给儿女积攒日后的教育经费，或为自己日后老了病了做些未雨绸缪的打算。若说有高的理想，莫过于后来子孙绕膝其乐融融的天伦之乐。其他还能想什么？想了又有什么用？平民百姓大都是安分随时的人，他们有事可做，做了事又有进项，就是最实在熨帖的日子。

再譬如一个石匠。他面对大小不一的不规则的石头，在琢磨着怎样一锤一凿中，在自己的手下把它雕刻成石碑或横匾，佛龛或艺术精品。他就那样坐着，在胸有成竹以后，在粗粝的石头上，雕出呼之欲出的物件。所谓匠心独运，所谓鬼斧神工，是说这活计最后完成时，那些人物飘曳的裙裾仿佛凌空飞燕，那些翻卷的花儿，仿佛带雨滴露，粉雕玉琢般，朵瓣根须都如神意吹拂，显出欣欣生意。石匠的活儿，坐不热板凳就急惶惶跑出去的人干不成，草率潦草也不能行事。这必须是个心藏锦绣、定力定神的人，仿佛哲学家斯宾诺莎在阿姆斯特丹磨镜片，有那种凝神专注。不分心、不旁骛的人，注定有着几分哲学家气质。只是这个端坐那里的石匠，他为了完成手工的活计，在几乎是刻板、艰苦的劳作中，逐渐培养起了他的一份耐心与坚持，这也是对人意志的考验与磨砺。发发誓言、空喊口号，都只是虚无之事，这并不培养人的耐心与定力，他也很难具体完成什么创造性的工作。除非他把誓言与口号落实在具体劳作中。或者一个农夫，他播种、除草、施肥，然后收割。一片荒芜的土地，长出了粮食。这都是在具体完成着创造性的工作。

劳动者依凭的不是高邈深奥的大道理，有时只是惯性，自然而然地动身去做，并且抓住的是种瓜得瓜，种豆得豆的朴素实在。这是及物的，有劳有得，因为付出而得到应属于自己的那份。言及利益，其活动是世俗的，以盈余、创收为目的。不一定有动人的高尚的情操，却在有所收益的盼头中，明白必须把每件事做好，不能潦草马虎，不能半途而废。必须耐心恒久，不能浮躁多变。这样，大多数人都触手可及可操作之事，一天天，一年年，总是贴着大地行走。日子比树叶还稠，人有了这种自觉自发，而不是说服鼓动，一个社会就可能有了现实的良性循环，并有着可以延伸的后续性。

某些学者天真地以为，人对自己的每一个行动价值及道德意义都十分清楚，这实在是不得要领、不谙世事。普通人依循惯性和传统去做事，他完全用不着担当分析身边事务的使命。萨尔皮对此作了阐释："对一个人周围的文化模式进行有意识的分析在正常生活中不仅无益，而且有害。这可以作为一个广泛适用的原则被确定下来。这件事可以让学者去做，理解这些模式是他们的本分。我们在正常情况下对我们的社会化行为是无意识的，这种无意识对于社会是必要的，正如同人们对内脏功能的无知或无意识对身体健康一样必要。"[1]

不用多想就触手可做，并在惯性推力下克服掉懒惰，对于大多数人十分必要，这正是宁和常态生活之象征。如果是动员警觉，让人调动精神觉悟去投身什么，这社会一定是非常态情状，是动荡。哈耶克也因此说："我们有必要让习惯，而不是沉思引导我们的行动。"

二　某些事业注定是短暂和难乎为继的

却是有那追慕金戈铁马美学想象的人，这注定是豪情万丈之人。他

---

[1] 哈耶克：《自由宪章》，杨玉生译，中国社会科学出版社，1999年，第9、122页。

不能满足那买进卖出的杂货店老板的生意，也不甘心蹲伏地头去过锄禾插秧的农耕日子。即使家境殷实，也不习惯在庭院守着祖业；即使窗明几净的书斋，笔砚墨香与帘外的美人蕉、丁香盛开成氤氲的雅致生活，却也想要挣脱一个世家少爷目光短浅的羁绊。这是些有英雄情结的人。他们念诵“沙场秋点兵”以及“男儿何不带吴钩”的诗句，胸襟中深藏辽阔意境，总是骏马嘶鸣中的阳关险隘，以及孤鹜凄泣里的风骤雨疏。骨子里其实渴望动荡，有兵荒马乱的脚步橐橐，才使得神经总在绷紧，血脉总在充盈，甲胄鞍韉不离须臾。这是得多么饱满年轻的岁月才担当起的传奇啊。在中国，好男儿多是将英雄作为职业选择。若果这些成为他们梦寐以求的终生之事，其结果将会是什么?

英雄的矫健身姿如鹰般，他凌空腾宕中的绝好背景只能是在乱世，在飞云横渡的天穹。

设想英雄是以文戏为主的革命家。

革命家将在密谋、接头、盯梢等把人的心提到嗓子眼上的时间中度过。这注定是刀刃上险象环生的趔趄，是与恐怖、告密、叛变者设下的圈套、敌方的牢狱、严刑拷打联系在一起的，锋剑寒光的战栗与考验。革命家由于信仰而成为特殊材料制成的人。他们的日常辗转飘游居无定所，他们的未来难以预计生死未卜。心总悬着，放不下，容不得自己有懒洋洋地、只是蜷在舒适的沙发上犯困打盹的时间，也不可能与心爱的人在枕畔卧榻有充裕的绻缱悱恻。他们旁逸出时间之外，在旁侧，清晰感觉到的是时间的紧迫和逼威，时间如出鞘利剑，可能随时会将人拿了去。生死之间只有一张薄纸，一捅就穿。一般人怎么会有如此巨大的心理承受力？一般的人，只想蜷曲在自己屋檐下无惊无扰地活着，虽平庸却踏实。世俗民间中的人不习惯去思忖时间，日子只是顺流直下，闲谈、逗留，甚至荒掷。如果时间真的如白驹过隙，如箭镞疾逝，正好证明日子是安详惬意。被时间惊扰和唤醒，肯定是与疾病、人祸打了照面；这个时候就得掰着指头苦挨了。时间的非意识性和惯性，是温暖和平的恩宠。时间的哲学意义没有必要也不必始终贯彻在普通人中间。时间的思想和时间的震慑都是属灵之事，这该是哲人和革命家的应承。普通人只是在最终的时间到来时，在浑身冷颤以后旋又寻找到朴素的解释，把它归结于在劫难逃的定数和宿命，也能坦然处之。

倘若外力动员起人的警醒，那一定是非正常时期，有兵燹血腥杀戮之灾降临，乌鸦将扇动不祥的黑翅，鼓动人们改换闲适散淡，表现出干将莫邪挥舞剑戟的勇敢。可是一般人仍然难以主动挺身出击，即使这是正义的抵抗。看到波兰电影导演波兰斯基执导的一部片子《钢琴家》，其中的一些镜头始终难忘。波兰斯基在隐隐约约中涉及二战中波兰人反抗的被动和消极。当然有人在做着主动抵抗，把子弹和枪支藏匿在装满土豆的麻袋里。运送途中的检查，可能会侥幸过关，也可能被倒霉地查出。那种惊悸恐怵，让人几乎不堪承受其心理压力。这必须是有信念、胆识的人，也即地下抵抗组织的成员才可能做到。大量普通的人，他们随着长蛇般的队伍蠕动，或者被押送到通往焚尸炉和毒气室的死亡之旅。他们坐车、下车，在黎明中醒来，饥馁寒冷，然后又到夜晚。这是缓慢地赴死，这一过程也在逐渐地成为惯性。他们原本安谧的日子被法西斯敲碎。炮火已烧毁他们精美雕镂的梳妆台和缀着蕾丝的洁白餐桌布。战争要折断的是一双细腻灵动的钢琴家的手，以及一切柔软诗意的艺术。大家为什么甘心赴死，而不在浴血中保卫自己的家园？他们真是令人怒其不争的孱头啊，他们真是糟糕透顶。的确，普通人不合适乱世，他们没有充分的信仰和作为支撑自己的强力意志。乱世只合适英雄。

设想英雄是以武戏为要的将军。

这更是大漠孤烟，朔气铁衣的长长悲歌。如果是一将功成万骨枯，那该是多少的兵卒士隶以横陈遍野的骸骨，组成昏黯恢弘的方阵。一个英雄功名卓著彪炳史册，就得有无数无名之人抛头颅洒热血以助其业。但那逝去的无名之人，却是多少母亲、妻子、儿女无尽的哀恸。

英雄的横空出世，是庶民的悲或幸？仔细论及，这几乎是两个差异绝大的物种。英雄常常是把酒酹涛，庶民往往是粗茶淡饭；英雄尤喜动荡不歇，庶民却宜安居乐业；英雄习惯于杀声震天血映残阳，庶民则沉浸于欢歌弦乐声色犬马。英雄与庶民原本心理素质和理想抱负都是南辕北辙。但最终成就了英雄的依旧是庶民。一世功名，英雄何幸；骨埋垅中，庶民何辜啊。但中国历朝历代都在呼唤英雄讴歌英雄，而将庶民的要求降到最低乃至忽略不计。这种集体无意识已潜流在民族的血液中。

设想英雄的始终存在，并且革命家和将军都是终生有所作为的职业，那岂不是厮杀格刃的战场将一直布局，血腥之浓烈将盖过丁香或玫瑰的芬芳？越壮烈的职业，持续下去越无法预料其后果。无论是怎样的旗号，是土匪流痞或是绿林好汉，是为非作歹或是替天行道，一干人马总得吃喝拉撒，得有粮草后援汲汲不断的接应。月黑风高之夜的爬檐翻墙，声声犬吠中的攫夺，无论怎样行使道德仁义之名，持久进行的这一行为终不是长久之事。那一身好武艺的人一旦老了呢？那些聚集起来的队伍，在险峻的峦嶂中总得解决一日三餐，他们不可能只是习武唱歌喊口号。况且，日子一天天飞快地过，物品何处供给？“杀富济贫”的口号，道德招幌之下，为非法侵占别人的钱财寻找借口，也让懒惰者堂而皇之实施血腥计划有了冠冕的充足理由。

一般说来，在朝者的政治权力不那么集中强大，有飘摇薄弱之嫌时，民间的在野势力将逐渐形成其某种抗衡。无论东北的莽密丛榛或江西的层峦叠嶂，无论中原的一马平川或上海繁华绮梦的地界，都可能出现黑社会势力的猖獗或扯旗造反者的蜂拥。这或许是强梁者铤而走险的黑色游戏，或是被逼无奈的人们在无公理社会的自卫自保。但这也都不是持续的职业行为，不可能一直这么干下去。他们要么被权力招安，要么自己成为强势以后掌握权力。一俟进入文明社会，就得按理性法则行事。如果依旧是在野者冲冲杀杀的思维，只会形成极权势力。

看起来，越是壮烈的、属灵的事业越是短暂的、难乎为继的。如果是刺激和亢奋，都注定是一种燃烧，如果持久下去，岂不一切都化为灰烬？越是属灵的，以激情和浪漫等虚拟的精神逻辑为要义的事业，都只能是电光石火般的，璀璨的刹那照亮黯暝。但这不会长久停留，仅仅是刹那缤纷。

若果细细考量，发现思考都不是可以长久指望的职业性行为。思考不是汲汲不断喷涌的实在，它时有时无，缥缈无定。如果硬要让一个人每天都处在思考状，并不停地有作品问世，这就是很要命的了。中国1949年以后的专业作家制度，原本想催生创作，却不曾想，一个人的思考不是指派，而是天命。有些人并不合适思考，却是终日枯坐案牍劳形，这会毁掉一个人。你会发现原本不适宜思考的人在硬性规定中变得孱弱多病，这还不要说他日益闲极无聊养成的丧失任何行动能力，只会发牢骚等乖戾的让人讨厌的个性。

但是，却又必须得在闲暇、在长长的空白中才能聆听神谕。这不是组织的委派，而是一个人必然的被遴选的天命。一个人想要思想，谁都阻止不了，他不这样，会食不甘味，寐不暖席。至于他从哪个地方进入，这都不重要。他也许是个庄园主，如托尔斯泰；也可能是个磨镜片的，如斯宾诺莎；也可能是大学教授，如韦伯与福柯；也可能是报纸撰稿人，如雷蒙·阿隆。一般来讲，学校、科研单位与媒体更适宜思考者。但一个人总得有一个切实具体的职业，才会使思考这属灵之事在不期然而然中进行下去。

短暂的、难乎为继的属灵之事，不在日常尘世、民间，它的绝好背景只在舞台。舞台上走来角色，串演歌哭长剧，帷幕几乎不想落下。

三 角色及其他

角色走来，端的是生旦净末丑，样样不缺。镲锣鼓鸣，弦歌丝竹，笙箫横笛，传唱的是逐鹿中原，不知胜负何方，城头变幻大王旗，你方唱罢我登场；传唱的是原上离离荒草秋风吃紧，兵荒马乱壮志未酬。中国的历朝历代，戏文和传奇的素材从来不缺；阡陌纵横，是天地舞台；人人都是角色，将军和士兵，土匪和黑帮，妓女和嫖客，买办与资本家，乡绅与长工，革命家与政客，等等，都是剧中角色。

角色在舞台上的停留大都有时间的限定。于是，角色几乎都处在他生命中最有效的年份，那是每个瞬间都有绝妙表情，光彩照人，吃的是青春饭，是梨园春秋中的带露风花雪月。知道一切的喜怒哀乐，都是舞台烟岚，过眼飘散。既在舞台为角，还提置什么庄子买什么地？要那恒业恒产做甚？

角色台前，唱做念打，刀光剑影。角色在人们的记忆中，都是火旺葱茏，正当韶华。就只说强梁绿林，那是制度不端法律废弛之时，民间强势自发组织的权衡裁决是非黑白的办法。且不论他们的判断是否正确和理智，单只说那生命，必是年轻气盛，拳脚功夫了得。他一定练就高超武功，凌越屋宇飞空檐翘，腾挪城头跌宕池墙。屡立战功的猛士和将军，也一定是枪法了得百步穿杨，一定是脑力筹谋体力敏捷文武双全。所有已趋颓势的，病恙缠身的，老态龙钟者，都玩不得这博弈，玩不得这嗜血的游戏。这角色真是年轻啊，年轻到奢侈得不计恐怖与生死。他们来不及妥协和犹疑，平庸与折衷。当然更不习惯一旦走下舞台，他们得为恒业而矻矻劳作的俗套。

舞台如若谢幕，纵是那众星捧月般的花旦，也得解下凤冠霞帔，而成为民间低矮屋檐下，一个洒扫庭除的家常女人；再英武的将相，也得歇马御鞍，解胄归田，去讨平素营生。

角色从来不适应幕帷降下之后琐屑冗长的民间生活。他们不屑于对恒产上心，熬不住，无法忍受日常平庸。打打杀杀惯了，绿林穿梭或是莽野跋涉，却都是辉煌的瞬间定格。许多人已经在千古传奇中早早阖上眼睛，于是戏文仍是颂唱这片断的光彩造型。人都等不到造化经年中的皤然白发那刻，角色们熬不住，他们盛年陨落，鲜有命运的连续性，鲜有性格里的耐力与恒心，鲜有天年永福的时光恩宠。他们只是角色，陨落之时依旧灿如夏花。

逐渐的，一种民族的心理积淀便形成了民性。一个在野党成为执政党，其目标、方针、路线依循的都是这种民性。制度的设计，以鄙视世俗活动、消灭恒业为要，它利用的正是角色作为“戏剧人”的普遍共识。

阶级成分开始划分。以经济统计为前提，以前若有经济富裕者则被归于贬义和非价值队伍，以前若是经济贫瘠则被归于褒义和正价值阵营。阶级划分出了人民与敌人的概念，人的政治身份因经济强弱被确立，世俗活动以及经济生活成为敌对一方的表征。因为有敌人和人民的对峙，沿用的只能是准军事生活的格式。从舞台到兵营的场地转换，应该说不用费太大的折腾。民意为执政党的政策制度，提供着氛围。

写到这里，发现有一个概念必须得被提及而不能忽略。在漫长的中国历史中，千年皇权的政治结构，造就的是一代代子民。子民是历史悠久的身份；和人民相比较，其活动的阶段，应该限于20世纪上半叶，这时期扰攘纷乱，内外忧虞，政治势力的确定不那么明显。角色在舞台，舞台有市井，也有庙堂；有战场，也有民间。各色人等登堂亮相，有一种过了今天不论明天的虚无和仓促。人们都无远虑，因为近忧太多。也有人想在纷乱之世创一份恒业，比如曹禺《雷雨》笔下的周朴园。他不想只去过倏忽而逝的戏剧化片断，他管理田亩，经营矿山，在城乡都有资本。但他却没想到，整个社会乃至家庭后院，都拖曳着他。

周朴园创造恒产恒业的打算注定落空。这不仅在于家庭中的伦理悲情，整个社会都对他的发展形成阻力。中国20世纪上半叶的皇权松弛时期，偶然产生了类似周朴园这样的民族资产者，在沿海城市，如天津、广州、上海等地，但整个社会土壤并不利于这类人的生长和发育。20多岁的曹禺能塑造出这个民族资本家的悲剧，虽然把他只是放在伦理学层面，但这类人不配有更好的命运，已是不争的事实。

家仆鲁贵目睹了周公馆的一切，他在想什么呢？这放在下面的叙说中。

到处是玩家，是票友，是看客。这些人的物质生活资源何处而来？这就是绕了一圈，终于要说到子民的概念了。

《红楼梦》写的是皇权末年的事，后来评者纷纷称它是一曲封建社会的挽歌。在宁、荣二府，上上下下都是吃粮不问款的主儿。若说宝玉是被肯定称赞，也皆是因为他的幻灭与出世，他的了与空。他固是从小穿金戴银，宠溺无比，他也因此害怕仕途经济担当责任。这是被贾政屡屡训斥的原因。但贾府豪邸，他又有谁可做榜样？贾琏风流好色挥霍无度，薛蟠粗鄙浅陋没有正形。为官者贪赃枉法错判案情冤魂不散，焦大于是说这贾府只有大门口的一对石头狮子是干净的。宝玉与水做的女儿在一起才觉得清爽。奈何茜纱帐里公子多情，黄土垅中卿何薄命。他觉得男人都太龌龊了，他不想作贱自己。若是追慕，他慕秦钟的俊逸清玄，慕柳湘莲的潇洒翩翩。这些贾府之外的男人，却也因虚无，因在权力边缘，才养就一段涵儒雅气。

到处是纨绔之子，是坐吃山空，是千金散尽。偌大的家族，何以支撑？的确，这都是显赫的望族，无论是白玉为堂金做马的贾府，还是阿房宫三百里住不下金陵的一个史第，还是丰年好大雪的薛家，他们靠的是与皇权的密切联系，贾元春被皇上宠幸，为她省亲，才修筑峨峨煌煌的大观园。他们是皇亲国戚，自有充裕的俸禄，他们是受宠的子民。在他们与皇权的姻亲未中断时，庞大的家族开销靠的是政治权力的巧取。在没有工业和商业，没有市场经济时，广袤的农业地区和农民，用双手劳作，土里刨食去供养了一个个庞大的政治食客集团。每当举国隆庆，或边陲战事，或修堤筑坝，这些费用必然要摊到广大农民头上；权力集团的日益膨胀，权力掌握者利用权力对民众更加盘剥勒索，所谓苛捐杂税如牛毛。每遇天灾人祸，无力抵挡的民众成了最早的待毙者。这是些被黜贬的子民。需要之，又可随时牺牲之。

宝玉被曹雪芹说好，是因为他不想成为这个权力集团的后继之人。他宁愿在太虚仙境，出家皈依。他以消极的方式做的所谓反抗，其实只有美学价值，而无实际意义。他脱离仕途经济，总有人会攀援上去。

皇权之下的受宠子民，不是真正的贵族，这一点也一定要明确指出。

比如英国，它的贵族势力一向强大。贵族拥有广阔的乡村土地，这土地不像中国“莫非王土”，是被皇帝分封，随时可赐封也可收回的那样。英国贵族的土地属于自己，他们在自己的庄园可以统领地方武装，可以开设法庭，可以行使司法权，有时他可能率部去攻打国王，如果失败了，领地仍属于自己家族。因此他不会仰赖皇权，也无甚后顾之虞。[1]国王虽然也分封土地给贵族，但贵族并不把他看得至高无上。国王其实

[1] 见钱乘旦、陈晓律著《英国文化模式溯源》，上海社会科学院出版社，2003年，第9页。

是贵族中的第一贵族，他们实际处在社会的同一层次上。分割的土地和分裂的政治主体，在权利与义务的规范内，国王与贵族平起平坐。贵族有古老的徽号建立名望，他们依循的德性是大度与正直，光荣是意志与勇敢。在领地，在那时而荒寥时而葱郁的远眺中，他们胸次宽远。他们可以参加到十字军东征的军旅中；也可以像堂·吉诃德那样为意义和真理去做浪漫而迂阔的云游发现，即使处处碰壁也摸摸脑袋莞尔一笑。他可以为爱情为心上的女人拔剑决斗死而无憾。他们是骑士，磊落而光明。他们爱社交和欢娱，乡间别墅的华美是为了那盛装出席的派对。这里可以有男女双目传情的牵引，也在比试和发展着优雅的谈吐深刻的见解，并且要攀高美学趣味。他们中间当然也有仅仅会消遣挥霍的主，但英国贵族在后来的工业革命中，他们中有相当大的部分生机勃勃地投入市场，成为商人。贵族政体是许多人都持赞成态度的，如早期希腊诗人品达，他虽然也对雅典的温和民主政治有微词，但内心深处则是坚信贵族政治是所有政治形式中害处最少的。也因此，1688年英国的“光荣革命”，不再有兵刃与血腥，而是向在荷兰执政的威廉亲王发出邀请，英国依旧保留了王权，这是贵族的意愿和贵族政体的形式，英国人将以温和得体，使这个国家不会处于永远的痉挛与震颤，也对贵族积极向上的生活经验，给予了充分的尊重，并葆有了依旧使人效仿的神秘气息。当然，国王是从议会中接过王冠的，他也要保证遵守议会的法律，议会权力高于王权，专制被克服，一个人统治国家的时代过去了。日后，国王的王杖将顺应民意，他将在世俗活动中因点石成金而被拥戴。子民不再，市民出现，市俗生活出现。

四 睡好与吃好

的确，西方人从来没有那么清高，他们知道人是靠物质基础做生命保障的。

德国社会政治思想家韦伯用“睡好与吃好”[1]这个很形象的比喻，概括了两种经济形式和不同宗教信仰之区分。

睡好，这就是先前所描述的，蜷曲在被褥和床榻始终不愿起身的人。若果寒冬，更是想要长长的睡眠，尽量不消耗身体的能量。保持着最低生活水平，简单的食物。如果饥肠难耐，就用更多的睡来克服因饥饿带来的血糖偏低的难受。更加害怕起身，连同恐惧人在世奔波的烦乱。睡多了，身体开始像面团一样瘫软。

可能，在睡好的人中间会产生灵醒者。这些人原本来自那个吃喝不愁的阶级。他们不会血糖低，而大脑却在长长的休息中变得格外好使，他们更深地专注于灵魂的祈祷，而成为务虚的精神僧侣。他们无疑成为轶群卓尔者，并以为所有的人都应该把大量时间和精力都作用于属灵之事。

吃好，可就没有那么简单了。这首先要求你得起身，去为食物的获得努力。狩猎时代，人靠膂力强悍获取食物；农耕时期，则是稼穑锄犁。到了现代，得从事各种合适自己的职业以谋生。

依着吃好作为制度设计的前提，往往会循着理性的最低理想而非道德的最高理想。其实人谁都有惰性，谁不想多多地睡？谁愿意苦苦地干？让人起身，得有动力。最低理想的制度设计尊重了人的私人欲求：人若果劳动，就会有收益，就会吃得更好。韦伯说，中国的清朝官员、古代罗马贵族、现代农民、那不勒斯的马车夫都有物质欲求，它存在于一切人身上，侍者、妓女、艺术家、赌徒等等概莫能外。“可以说，尘世中一切国家、一切时代的所有人，不管其实现这种欲望的客观可能性如何，全都具有这种欲望。”（韦伯语）人为个人欲求的推力起身去做

[1] 见韦伯《新教伦理与资本主义精神》，于晓、陈维纲等译，生活·读书·新知三联书店，1987年。

了，他首先克服了惰性，先前描述的惯性讲的就是这个意思。形成惯性的有益无害的本质必须是及物的，是对财富的逐渐积累。这是大多数人的事业，却又众人拾柴火焰高。逐渐地，红红火火的有奔头的日子就具有了可行性。属灵的事再怎么好也都是少数人所为，不能在惯性中推广。制度设计的最低理想因此非常务实。天长日久，什么都会倦怠，若让行为以盈利为目的，消耗性减少，社会全体成员依旧会有吃有喝。不靠精英与高人的鼓励与发动，不靠意志力与想象力，人人上手，才会定神定力地去奔自己的富足生活。

吃得好，那是家中餐桌上的美味，是外边酒肆的佳肴。的确，在觥筹交错的醺然中，人会丧失掉嗜血的刚烈斗志，会懈怠一切征战杀伐的血腥。堑壕战的饥寒，正面作战的恐怖，想想都荒唐和遥远，更加珍惜现在。现在是歌舞升平，是其乐融融的市民社会。现在有人攻击说，由于缺少战事，男人的体能和意志力都在退化，这真是谬论。再好的基因，再强健的体格，只是用于去当炮灰去送死，要它有甚用？安详和平年景，人才可以怡养天年可得永福。

吃好的前提必须得有可吃之食。这就必须得扩大资源。你种小麦我种蔬菜，咱们得生产也得交换。最早讨价还价的声音出现在14世纪意大利半岛的佛罗伦萨。这里因贸易自由而物产富足。这里产生出市民，也即亚当·斯密所提出的“经济人”概念。

在中国，政治人高于经济人。1949年之后划分的阶级成分，更突出了人的政治色彩。除了敌人，就是人民。人民是高价值的称谓，他们因财产交由国家掌管而变得更加高尚。财产是公共的，“每个人都拥有的财产实际上是无财产”。他们好像在为国家共同承担责任，但是“教导某人要为一切事物负责，与教导他不对任何事物负责一样，都会摧毁责任感”[1]。整个国家意识形态强调着对财产和富人的仇恨。

鲁贵终于可以扬眉吐气了，他终于看到周朴园被扫地出门被专政被制裁的可悲下场了。鲁贵在周公馆的日子，耳濡目染的一切渐渐吊起他的胃口。他想周家怎么配享有这些古老的家具、名贵的字画，他们怎么会如此锦衣玉食？他已不甘自己作为下人的地位，同时也就生出了怨恨。德国政治哲学家舍勒分析，就怨恨生长的土壤而言，仆人、被统治者，尊严被冒犯而无力维护自己的人内心最容易生出怨恨。倘若他还强颜欢笑，将反感、敌意深藏在心底，他已染上了怨恨的内毒。怨恨之心的由来，是久蓄于心的强烈要求，极度的高傲与外在社会地位的不相称。[2]鲁贵阴阳怪气的腔调已显出他绝不是个忠厚仁义之人，他日后将成为被号召推翻他的主人，连同压在他头上权威的积极参与者。霍尔姆斯说：“平等是将忌妒理想化。”也是将怨恨理想化。政治等级盖过经济等级以后，处处以政治觉悟和阶级出身为衡量价值的尺度，这尺度是卑贱者最聪明、高贵者最愚蠢，是智商低的人可以因阶级觉悟高而压迫智商高的人。没有经济人只有政治人，人获取利益和敛财之心又不能彻底根除，人一旦发现这一切只有通过政治权力得到，权力之争就会来得更强烈、更刻毒、更不共戴天。

政治人明白，权力的位置很少，觊觎者则很多，若是有你便是无我，这样的紧迫感，人所有卑鄙无耻的手段都会使出来。你要他不害人，他就会遭人害，权力这台机器在疯狂地旋转，把人的良知、怜悯、仁慈的品格一点点消灭。因为政治资源的匮乏，利益小路狭仄，人们只会像蝗虫般吞食原有的粮食和美丽之花。并且当飓风席卷，人又怎会去修补房屋？

---

[1] 哈耶克：《自由宪章》，杨玉生译，中国社会科学出版社，1999年，第9、122页。

[2] 参看《舍勒选集》上，刘小枫编，上海三联书店，1999年，第405页。

经济人怎么都不会这么歹毒。经济生活的本意是逐渐扩大资源，讨价还价用的也是商量的口吻。市场也是刀光剑影，但商人在被坑被骗之后一般他不会选择报复。把别人干掉了，自己也会被干掉。聪明人在输得身无分文时，明智的选择是吸取教训重新开始。他不会将责任归咎于任何人。他只会怪自己决策上的错误才让别人有机可乘打败自己。若果那人靠巧取豪夺，经济界自有天则与大道，在时刻注视这个领域所有人的一举一动。非理性与强权意志在这里终究会受惩罚。只能是自己对自己的惩罚。妄想奸佞取胜便会连环输掉手里已有的。经济人不想因报复毁自己，他没有这份精力，也不会走向这冤冤相报何时了的恶性循环。报复往往是人在彻底绝望中的不惜自毁，无恒业无恒产的人与社会往往多出现这种情形。经济人本来就无权无势，无政治靠山和背景，他靠的是勤劳的双手和聪明的头脑。法律是他的凭恃，理性是他的导师。这是不争的经济伦理。经济伦理的另一补充说明还有，从事经济活动的这个人，无论他的心术正与不正，他的道德程度高或低，这都不再重要。他一旦要在市场上与人交道，他就必须得遵守经济合同规定的各项条款与契约。不这样，损失的只有他自己的利益，别人代替不了。

为吃好，人们四处奔波，他并没有想从别人口里夺食，他只是在世俗活动中合理牟利。在一个有序的市民社会，在膳坊酒肆，人们围聚一起，脸上的表情渐渐松弛下来。

五　法兰克福学派的质疑

为什么人的表情不再沉重？不再有沉郁的伤感？对此，法兰克福学派对市场社会提出了尖锐的质疑。这是第二次世界大战之后，以霍克海默、阿尔多诺、马尔库塞等批判理论家为代表。他们自称继承了西方正宗的马克思主义，但又放弃了暴力革命、无产阶级专政，远离其政治革命，退回到文化与美学等领域，来揭发晚期资本主义的病症与危机。他们以“反抗现代性”为明确目标，对市场、资产提出指控。人为什么日益成了单向度的人？成了乏味、浅薄、目光短浅、胸无大志的人？成了对艺术和审美缺乏鉴赏力的人，而只在大众的娱乐中浅度陶醉？

德国人很有意思。他们总是肃穆而端宁，严谨而喜欢思想。许是那里有太多的寒冷，在蜷曲的日子里，一些大脑灵醒的人，在更深的内心生活，更倦怠外围行走时，形成了自己在各学科都翘楚傲世的精神。德国的法兰克福学派在文化思想上对田园牧歌、对非工业文明有一种归隐的提倡，这与之前存在主义哲学家海德格尔关于人应该在这个世界上诗意地栖居，在乡愁如岚的草径漫游，在白桦林和黑森林的尽头蹿蹀，那烟雾弥漫山间，躲过尘嚣憩养灵性等主张，在精神气质上共通。这之前也有诺瓦利斯关于“蓝花”的梦境着魔。

德国人是那样厌恶乏味与平庸，他们希望少数属灵之人的使命也能贯彻到大多数人那里。孟德斯鸠称英国人“在三件大事上走在了世界其他民族的前列：虔诚、商业和自由”。换到德国人，应该是意志、哲学和纪律。德国人尤喜激动人心的史诗，而不是散文；他们推重整体，推重规肃的国家理念，如黑格尔。费希特对国家中的各色人等倒是做了分工，有对职业以及责任的分析，似乎符合现代国家责任伦理的概念，但他显然是将诸多属灵之事交给大量的人，这让人不得不担心未来是否可行。这里，不妨略说几句。

费希特将人的职责做了这样划分：学者的职责，民众道德教师的职责，文学艺术家的职责，国家官员的职责以及低等阶层的职责。他分而阐释：学者犹如时代的文库，首先是知识的保管者。学者不仅会做一些单纯零散的结论，而且要拥有原则。严肃认真热爱真理才是学者真正的道德。他们追求真理，又知道这时代正需要什么样的文化话题。“他们应当确实发展人类的知识，而不应当愚弄人类。”他很讨厌“有人用华丽的言辞讲一些似是而非的东西，或进而坚持和维护他们脱口而出的错误”，“只有真的东西和善的东西才能在人类社会中万古长存，而假的东西不管在起初讲得多么漂亮，都总会烟消云散”。

民众道德教师的职责可能更复杂一些。这是关于信仰的事情，劝说所有的人做有道德的人，不仅是担负这一职责的人的责任，也是每个人的一般职责。作为民众道德教师，他是专门讲解信条的，但不是让他演绎信条，而是意味着他唤起信仰。他不证明不辩论，而是力求不证自明。他是劝导者而不是立法者。他从经验出发，只是做好的榜样。他以讲述为生，但都是从自己的内心经验创造出来的东西。他的言与行若自相矛盾，就没有人相信他了。

文学艺术家的职责，在费希特看来是介于学者和民众道德教师之间的人。学者培养理智，民众道德教师培养意志，而文学艺术家培养审美感。这样才能将人的理智和意志结合，培养完整统一的人。费希特认为讨人喜欢的东西不一定是美的。有教养的人喜欢的东西当然是美的，但对于没有教养的人呢？他禁不住用十分渺茫的口吻说：“人类究竟什么时候才能成为有教养的呢？如果情形是这样，那能够讨人喜欢的东西就往往是最没有审美趣味的。艺术有一种无限的悲凉，最卓越的艺术作品也许不会受到欢迎。因为时代还没有发展出一种能够理解这类艺术作品的鉴赏力。”

他是这样论述国家官员职责的：国家官员必须是自己那个专业领域的学者。他是参加立法工作的，是共同意志的掌管者，他由一切阶层委派和聘用。在转交他的组织形式时，他问心无愧地行动。费希特似乎已注意到这个问题：官员的某种特权，是以各个受骗吃亏的阶层的无知和愚昧为基础的，是以他们不懂得自己的权利和不会行使自己的权利为基础的。而这一切随着文化的不断提高和广泛传播，那些特权就不再存在了。

最后，费希特对低等阶层的论述是，这个阶层肯定是经验世界里人类的砥柱。人类的大踏步前进，会尽可能减少用于机械性劳动的时间和精力。“大自然必须变得温和宜人，原材料必须变得容易驾驭，一切东西都必须变成这样；人们稍用力气，就得到了自己需要的东西，而他们与自然界的斗争也不再是一种十分劳神费力的工作。”[1]

费希特作为古典主义哲学家，他在用大量篇幅讨论高等阶层的职责，似乎他们更具覆盖性。但真正的问题是，到底谁在支撑这个世界？在费希特他们的时代，低层阶级在用双手谋生，他们只能听从于高等阶层的训导。如果高等阶层得不到低等阶层的尊重，这是高等阶层的错，谁让他们的影响没有下到低等阶层中去呢？这番话，仍然是针对子民而言。一个属灵的队伍浩浩荡荡，他们真的可能各司其职，培养出有德性的普通民众吗？

仍然是德国人韦伯，他在20世纪初考察到新兴经济秩序对人的理性、虔诚的关键作用。此时的论述再回到法兰克福学派的质疑。应该承认，这一批判理论对于人精神气质的重要性之提醒，具有苦口婆心的恳切。韦伯也早就意识到，实际的理性行为，取决于人的能力和气质，如果受到精神障碍的妨害，未来发展势必遭受严重、内在的阻滞。

但质疑不应该等同于否定。

中国目前，其经济秩序与政治秩序都显得火候不够，并像是在夹缝中憋滞着发展。1949年以后的计划经济派生出了体制内的单位，这是一个五脏俱全的麻雀，在这里有人看管着，安妥、保险，不担惊受怕。人

[1] 关于费希特，参见《伦理学体系》，何怀宏等译，中国社会科学出版社，1995年。

们已习惯了抽象的国家主人翁、人民等称谓。在公有财富中无财富，在共同负责中不负责。有人现在怪不得常常在怀念以往清贫而安全的体制内生活。但是，在体制内安全待着的，毕竟是少数人，是计划内矿山工厂学校机关中的人。不入体制的，如大量的农民，则以农村户籍，无进城、无就业、无迁徙权利的受辱地位，支撑着体制内人的安妥保险。

现在是有了体制内与外的多元局面。但体制外的人，也就是必须得自己到市场拼打的人，日子的确过得不轻松。市场上的人，犹如时时被追逮的小狗，他终日得陷于利润、创收、盈亏的漩涡。私企员工，他们早出晚归，没有固定的下班时间。老板没走，手下的员工也不敢走。总是很晚，然后拖着疲惫的身子，草草扒几口饭，倒头便睡。次日又是这样循环往复。他的工作又必须是有实绩的。如果他在广告公司，得不断有点子和创意。但常常不能进入内心生活的宁静，哪里还有充沛的灵感？大脑在忙碌中板结，却仍得撑下去。不撑怎么办？日常要支付，房子要按揭。在职场上的男人，总是眉峰紧蹙舒展不开。这里讲的还是头脑灵活、有才华的人。他要把利润抓到手，他绝对不希望公司倒台，他得时时紧绷。他哪里有时间去读波德莱尔的诗、萨特的戏剧、加缪的散文和卡夫卡的小说，更难得去读福柯的哲学和哈耶克的经济学。他甚至连恋爱的心情都没有。若是能在内心冉冉升出爱意，那得在有几分凄清的子夜，有几分孤单时的渴望拥揽，可现在他是什么都没有，只有疲倦，只想在眠睡中歇息。那智力一般的人，若业绩干得不好，则随时可能被炒鱿鱼。私企老板不可能有大公无私的学雷锋精神——除非他不开办公司。

再看职场女性，她的心智与能力已毫不逊色于男人。她们干练中带着刚强，已不可能再有怯楚羞涩的小女儿态，她得自立独撑，不可能像过去锦门绣户的小姐那样憩养出毓兰清芬之气。她每天都劳心伤神，常常浑身酸痛，月经失调。女人如此单薄的身板，实在不宜风雨摔打。她害怕结婚生子，因为已经够自己累的了，再负担个家庭，想想都毛骨悚然。目前白领女子无意中选择单身，这都会在不久的将来造成新的社会问题。

在体制内待着，现在更是念它千般万般的好。可谓日光如梭，每个月不愁工资发放手里，真是省心省力啊。尤其现在实行了公务员制，旱涝保收，有公费医疗和养老保险，更无后顾之忧。这是多么温暖舒适的天鹅绒般的包裹啊。而在体制外，每天小鸡啄米般觅食。病了也不敢停下来，而更多的操劳只能加快生病。而今后，老了，干不动了怎么办？一切都朝不虑夕。体制外人，他们没有相互利用的政治权力的关系网，没有活动的舞台和社交圈子。较之体制内可以依恃的单位，他们显得往往低人一等，但他们却在交税。在支撑庞大的国家机器运转中，私企付出了很多。体制内真舒服啊，只需利用人的斡旋，怎样把纳税人的钱花出来。这种政治特权是谁发明的？让正好跻身于这个笼子的人这么幸运。若说不平等，体制内外的不平等到处可见。的确，体制外人在丧失闲暇以后很少再有一波三折的内心和丰富灵动的表情，他们常与利润、核算交道，他的确变得简单和乏味；体制内人善于揣摩别人的心思，善于人伦关系的缜密算计，也见识着权力政治的污浊。如若攻击经济人乏味，可是再乏味，也比邪恶好。

在分析了各色人等以后，谁能找到人的理想塑形？有人仍缅怀贵族政体中的贵族阶级，认为这有古老徽号和领地，有洒脱人格和尊严的等级，保留了人的可贵高度。的确，直至目前，英国社会仍然保有“向上流看齐”的愿望和行为，但得有条件。比如古希腊，自由民精神交流和哲学对话的前提，是许多的奴隶担负着繁重的劳动。而在英国，贵族也在商场成了机灵的生意人，他有着顺时应变的机智，才不被历史所淘汰。

公民何在?

如果就题目而言，说了这么多，好像都不是从正面论述什么是公民，而是绕着在说什么不是公民。奴隶、子民不是；群众、人民也不是。公民不是高价值称谓，他只是参与到世俗活动中，世俗活动又总是十分的不轻松、磨人。但得熬，熬下去，有些东西就出来了。过去在周朴园们生活的时代，在上海、天津、广州，得有一批显得很庸俗的人，才能在水滴石穿中，熬出些耐心或责任。但后来心急火燎的革命扯断了这种熬，终于没有熬到让时间真相大白，让自发秩序一点点修补漏洞的那一天。

公民是什么？帕尔米埃里在《论城市生活》中阐释最优秀的公民在生活中应该具备谨慎、节制和坚强的品德。这可能有些理想化了。但是我想，公民总该具备优良的基本素质。

公民不一定以德性为要，但他拥有个人权利，也同时负起责任。必须重提“责任伦理”；同时政府也需要把公民的疼痛冷暖放在心上。就个人与国家的双重关系来说，从推诿到担当，兴许是逐渐缓慢地迈向公民之路的必要条件，也是走向繁荣自由国度的必要条件。

寻找失踪者

——思想史轨迹的某种当下描述

种子掉在地里不会腐烂。

——纪德

一、离去与在场

近些年接二连三听到不幸的消息，那是些来自地狱的黑色讣告。海子死了，当然这是他自己的选择，选择让肉身当场碾碎的片断，以融入无边无际黑色太阳的介质，在永久的春暖花开中匍匐于他的麦地与大海。诗人与山阿同在了。

还有另外一些人，经历过紧张而严格的精神训练以后，当他们的大脑更为稳健、思考更为成熟、语言更为卓拔的盛年，却被死神召了去。他们原本可以为世人留下和呈现出更多更好的创造性文字，但见那刀锋闪过命的刃口，他们在不甘中撒手人寰。王小波在40多岁的大好年华倒在写作桌前，陪伴他的是一地的烟头，脚下凌乱放置的啤酒瓶，以及郊外小屋风吹打窗棂时的啸声。但这个颀高而瘦削的浪漫骑士，他依旧调皮而幽默地笑着，为揭出真相，回到事物本身，使用着他特有的调侃解构的文字。但生前谁能理解他心事浩然的深广悲情？他是不再想套用以往一统意识形态的思路，他是想从小处着手，去廓清杂草丛生、枝蔓旁逸的常识地盘。某些思考日臻成熟，他躲在郊外小屋，是相信自己的写作到了一个喷发期，脑子涌出很多，常常是追赶不逮，他急迫地想把那雾一般的想法符码化。他一定是听到某种神圣使命的召唤，在暗夜，穿过北方宽广无垠的原野，谛听到神谕与箴言。在他猝死于心脏病急发的那一刻，他究竟听到了什么？他想把他听到的告诉人们，但已经不可能了。这让人长久地扼腕叹息。

2004年杨小凯以55岁的英年辞世，这不仅仅是中国经济学界的损失，而且是学术思想界的不幸。因为当下的中国，许多积重难返的问题纠缠牵绊，如果从制度经济学方面动动脑筋，其政治、哲学、文学等方面的思路或许可得破除淤塞，说话才能说到点子上，才不仅仅因循既往道德层面去做价值臧否。在当年《南方周末》所做的纪念专版上编者按这样写道：

> 杨小凯的离去意味着平淡世界里一个罕见传奇的终结。
>
> 他坐过十年牢狱却自学成才；他没有上过大学却创立了国际性学派；他研究科学晚年却信奉基督。

杨小凯带着坎坷的历史离开了人间，同时带走了他那可贵的批判精神——这一精神贯穿了他不长的一生——而这恰恰是他留下的人们最为想念的财富。

杨小凯他们这一代人尤其关注人的政治处境。早在“文革”之初，他就因《中国向何处去？》的文章被打成现行反革命并锒铛入狱。在狱中一待就是十年。入狱之初，他面对铁窗电网，绝望中想到越狱，但被抓回来更是死路一条。后来他结识了狱中很多因政治问题被关押的各个行当的高级知识分子，他受他们的启发，监狱成了他的学校。但自学只能在极其秘密的情况下进行。他在狱中做了几十本的笔记。他无时无刻不在思考中国向何处去。几千年的政权嬗变，政治、革命、暴力只能加剧破坏性思路，它全然没有可能解决民族贫穷与苦难的问题。中国一向不习惯于从私产、利益、市场着手其建设性思路。没有人意识到个人的经济权利其实胜过公众的政治权利。前者更具体实在，后者则是抡空务虚，于事无大补济。当然，经济问题从来又不是独立于政治的单纯性话题。乃至于后来他被误解并给予不公平待遇时，他都只是笑一笑，却从不言放弃。当他听到有人提到中国是"后发优势"时，他不无忧虑地提出中国的未来可能是"后发劣势"，他说中国总在模仿别人的技术和工业化模式，就是不模仿制度，这样会形成后发劣势。

他有极强的预见性和前瞻能力，这是天赋，学也学不来；但这更是身处特定氛围时的贴近大地的思考，是民族赤子的拳拳之心。他真是自己掌灯照亮自身，然后又照亮周匝。因此杨小凯的出现，使国际社会开始重新评价华人经济学者的分量。乃至于一向桀骜自负的经济学怪才张五常都在慨叹："只有上帝知道，如果小凯没有坐牢十年，老早就有像我那种求学的际遇，他在经济学的成就会是怎样的。拿个诺贝尔奖不会困难吧。"[1]

杨小凯拿诺贝尔经济学奖的呼声颇高。可惜，十年牢狱，可怕的毒菌已腐殖般埋伏在肉体。这个"吃的是草，吐的是奶"的人，大脑还在活跃地转动，身体却挺不过来了。才55岁，多好的年华。天若有情，也

[1] 参看《南方周末》2004年7月15日版《逝者杨小凯》文。

会天幕垂泪。思想者为什么容易在这个年纪辞世？比如德国政治哲学思想家韦伯，那个峻冷英气的人，那个在政治、宗教、哲学和文化领域都卓有建树的人，也在五十几岁的时候死去。韦伯不同于欧洲大陆思者一般的倾向于农业浪漫主义的诗性传达，他理性、犀利，他的许多思考直到目前都让人常读常新，而绝无历史一般带给人的局限。

他们都在不长的生命中带给人许多的精神财富，但他们过早地殒命真是让人唏嘘啊。

现在，我将要写到萌萌，写到这个美丽、诗意、杰出的女性。

2006年8月12日，张志林打来电话，告诉我萌萌在当天上午安详离去。虽然她在广州治疗已半年有余，大家都有一定的思想准备，但心里仍是接受不了。她的离去意味着什么？我一直在想。

如果说杨小凯的辞世意味着一个传奇的终结，那么萌萌的离去，是否可以算做一个诗意的终结？我知道，萌萌内心并不想把自己归入诗人的行列。虽然她是诗人曾卓的杰作，虽然她很好地秉承了其父的诗之基因，虽然她的诗写得那么漂亮——但她仍执拗地想要成为一个思者，一个在哲学领域有自己声音的人。她为问题追逼，她想要穿越事物的翳障，她也的确做了努力和贡献。但本质上，她是缪斯的女儿。她的整体性象征，以及携带的意义，本质上属诗。她文字中最为动人心扉的，仍是感觉裹挟着思想的表达，从她文章的题目就可以看出来，比如“升腾与坠落”，“隐匿和断裂的声音”，“为浪漫的宫廷色彩送葬”等等。为什么要拒绝诗意呢？人们。兴许是20世纪中叶阿尔多诺那句话：奥斯维辛之后，写诗是野蛮的。这话，让诗人的脸上蒙了一层羞愧。可以这样说吧，在经验和常识的地盘未被廓清之前，求美的诗意得先放一放。这大概就是萌萌急迫地想要进入问题的缘由了。但真正的诗，永远是一个民族高贵灵魂的传达。

送别萌萌的那天，友人从四面八方赶来。到处是美丽的鲜花。没有凄凄哀乐，只是一遍又一遍播放着她躺在病榻上朗诵的自己的诗。她在花丛中，有诗陪伴：

“饿了，有石缝中生长出绿色和红色的果实。

渴了，有大地夜哭的晶莹的泪珠。”

朋友赵越胜从大洋彼岸发来唁电，他说有一句话他原本想当面向萌萌解释，但是来不及了。这解释是，他不愿意看到一个美好的女人让问题和思想把自己弄得心力交瘁，他曾经喊过打倒黑格尔，解放萌萌。他想说的是他没有任何伤害她的意思，有的只是疼惜，疼惜干吗让哲学和思想把女人变得憔悴、失华。然而不仅女人，当然也包括男人，如果是为问题所逼，为思想所缠，这都不是想放下就放下那样轻而易举。他们必然担当的只能是天命。至于问题和思想为什么一定要把这些人变成病理学特征，并因其原创性而致命，酿成悲剧性神学的低回挽歌，却又只能对天长叹。

过后王鸿生说了一句话感觉很到位。他说萌萌给我们带来的是俄国“白银时代”的某种精神。她仿佛风华绝代般的优雅高贵，那沙龙女主人般的凝聚力，她热爱思想与热爱朋友同格，她那里成了友情的屋檐。相聚的日子，只是谈哲学、谈诗、谈问题，这是浓浓的语境啊，至于说了什么已不重要，过后我们会独自沉思。只是这不散的思想氛围和激励，使热爱思想的人感到除温暖之外还有超拔感。这是萌萌带给人的。

知道思想是个人独处时一点点抠出来的。虽然它有温暖与厚道的至诚至爱的底色，但思想者又是深谙血泊中的邪恶与狰狞，那里有罡风吹过一阵紧似一阵，让人脊骨发凉。但一个人总容易倦怠和消沉，当有一种氛围和语境到来，那是共同照亮，激励过后各自起身赶路。萌萌就是有这样的吸引力和凝聚力，而我们都是做不到的。我们滞重、拖赘，有俗事缠身，我们常常愁眉苦脸，却往往很高兴见到萌萌的轻盈与明媚。殊不知，她比我们有更多的痛与烦。我们或许属于个别，萌萌却属于大家，兄弟姐妹一般的亲情。

但又有谁知道她内心的焦虑惶恐？她挣扎、冲突得太苦。她原本可以享有自己的美丽与诗意，但她自己却偏偏要在问题和思想中左突右撞。这让人不禁想到诗人里尔克。他一直在人生圆满与艺术目标之间把自己撕扯成斑痕累累的样子。他害怕前者将影响后者，因此他警惕诸如快乐、满足、喜庆、福顺的东西，他回避让自己身心惬意恣然的事物。他害怕自己初春时在清风拂面中沉迷，不计时间地昏睡，他为了他的艺术目标，只习惯在虬枝干硬的峭寒寂冷的冬季，在古堡的穴居幽隅中，一定要把自己弄成病理学特征，才能听到神谕。

萌萌想要风景也想要著作。她也的确成就了著作。尔后她飘然闪身，以那形式感和仪式化隐入风景深处。

盛年离去的王小波、杨小凯、萌萌以及为思而殒命的人，可惜了。德国哲人康德，早已明白这场人类智慧的链条不时中断而又续接的悲苦游戏。他说，一个天生适宜于科学和艺术的头脑，当其由长期的训练与求知而达到正确成熟的判断时，就可以把科学和艺术远远带到超出各个世代、前后持续的、全体学者们所能成就的地步。[1] 只要他具备上述这种精神的青春力量，并且寿命超过了这些世代所享有的时间的总和。可是大自然对于人类的生命期限，却显然根据的是科学进步观之外的另一种观点；因为当最幸运的头脑正处在由于自己的技术性和经验性，而有可能希望获得最伟大发现的边缘之际，老境却临头了。他变得迟钝了，于是就不得不留待第二代去迈出文化进步的下一步。而这第二代又得从

[1] 见康德《历史理性批判文集》，何兆武译，商务印书馆，1990年，第70页。

头开始，并且必须再一次地跋涉那已经为人所经历过了的全部旅程。因此，人类完成其天职的历程，看来就是不断地中断，并且始终是处于再沦为古老的野蛮状态的危险中。所以希腊哲学家并不是毫无理由地哀叹道：人在刚刚开始懂得自己应该是怎样恰当地生活的时候，就不得不死亡。这真是太可悲了。

但思者虽已肉身离去，却也是在场，因为他们的探索留在历史的记忆里。

二、在公共空间与私人空间处划界

曾经读到过朱学勤写的一篇文章《寻找思想史的失踪者》，这在潜意识中已为我此时撰文提供了一个线索。朱学勤的寻找，是他们这一代经历过“文革”的人的迷惘疑惑，想要破门而入，可是多少人却又前路茫茫。有人沉入虚无，也有人沉入谬想。思想的路面原本就堆满瓦砾石块等冗物，如果前行，必须要有人做明白的勘清道路者。

总能从朱学勤的文章中读到“文革”之后他与上海战友们插队落户到河南兰考农村的背景经历。欲了解中国，不可不了解河南。当年选择兰考插队落户的这拨上海知青，当然是有感于焦裕禄的事迹，焦裕禄是一个殉职的，欲带领全县人民根治内涝、盐碱、风沙的县委书记。而来自上海的这些曾经受俄罗斯文学与歌曲熏陶过的年轻人，在政治狂热退潮过后，他们也许是被官方打发和遣散到乡村最底层，但他们颇怀俄罗斯十二月党人和知识分子“到民间去”的激荡情怀。在许多知青的背包里，肯定放着普希金、莱蒙托夫的诗；放着托尔斯泰、果戈理的小说。可能还有赫尔岑的《随想录》、车尔尼雪夫斯基的《怎么办》。当然还有马恩列的著作，如《雾月十八与波拿巴政变》《反杜林论》《国家与革命》也是常看的。

农忙时节全力投入劳动。只是到了冬闲，在北风呼啸的冬天，在迷惘中陷入苦闷的知青，在冒着寒气的豆油灯下，他们才有了阅读和思考。关于兰考，我不大陌生，我父亲曾在那里的黄河水利部门工作。可以想象，大团大团的风狂卷着沙尘，呜咽着把大地变成抽象的图案。漫漫的豫东平原，远远望去，却几乎没有树。如果大地不为沙尘覆盖，却又露出白花花的盐碱。如果走到堤坝两侧，看到的是龟裂的僵块。在太阳慢慢出来的时候，农人们裹紧了棉袄追着太阳晒暖。一到擦黑，便早早上了炕，身子却怎么也暖不热。瓮缸里没有贮存多少粮食，开春一旦闹饥荒，铁路沿线站满了偷扒火车到异乡讨饭以活命的人们。于是，你在豫东过去很少看到家家户户垒有院墙。没有门户，就那么大敞着，穷得叮当响，当然不怕贼人去偷，也没什么可掩人耳目的。况且，这里是黄泛区，若是黄水泛滥，河决冲淹，命悬一线，能逃出来就是万幸。因此，这里的人们难有恒户恒业意识，却有识破天命的豁达和爽快。

当然不独朱学勤，此阶段，在边陲、乡野、山寨，有不少关心中国命运的年轻思考者，在底层和民间看到了中国的真实景况。只是日后他们如何运用其武器的批判，又有不同的取向了。仍以朱学勤为例。当他有了河南兰考农村的插队经历，有了河南巩县化工厂的工人生涯，日后即使他以治西方思想史起步，但必然牵挂的是当下处境，他必然是在公共领域内言说。他后来说他是要在闹市敲响教堂的钟声，说自己的思想哲学是“形而中”，是贴着地面飞的那种，倒也准确贴切。

写到这里，自然就想起了上世纪90年代初的一件往事。

1991年的江南三月，正是莺飞草长的时节。在上海，小范围的朋友汇合，仿如某种文化部落的聚会。

会议第一天，当时尚在湖北还没有调往海南的张志扬讲的大体上是：人的真实性何以成为可能，以及人保留缺席和退场的权利等内容。

张志扬的专业是欧洲大陆哲学，尤其对德国哲学有较深造诣。他对德国古典哲学家如黑格尔、费希特，对德国现代哲学家如胡塞尔、迦达默尔、海德格尔都有悉心把握诠释。张志扬这天努力想把他多年来的想法说出来，即人为何要退出历史，回到个人生存的真实性中。

不承想，此番话顿时引来激烈论辩。朱学勤此时反应强烈，他一直强调知识分子对历史责任的担当和参与意识，他不能同意退场、缺席等概念。他质问：人能退向哪里？间隙中，在小放映厅看由米兰·昆德拉的小说《生命不能承受之轻》改编的电影《布拉格之恋》。当看到苏军坦克碾过捷克首都布拉格街头时，朱学勤显然有些冲动地质问：就这样，人能奢谈退出历史吗？讨论已为争辩所替，并带有了火药味和情绪化。一时间，辨不清孰是孰非，但他们各自对思想的虔诚让人感动。显然他们是从各自不同的思考角度入题。他们在说似乎两个不同的问题时，实则有内在实质的相关性，否则，不相干的平行的两个问题不会相切，也不会引来冲突。

张志扬后来在他的《缺席的权力》里，对此次聚会的争执做了追忆和阐释。强调退场和缺席是在强调一种差异性。中国多少年来正是在同一性中泯灭掉差异性，即个人永远在集团、阶级的共性中。现在，我缺席、我退场，我保留个人生存的真实性，我也就保留了差异。退出历史的真正用意是，我从历史中心处退出，这是我的自由，我第一次在意识上运用了我的自由，这自由不是谁赐予的，而是我在内心获得的。我有退出的自由，并保证了我边缘化的位置。或者本来中心就没有，我们只不过是给了它一个作为历史文本叙述的策略。社会拯救、启蒙运动以及逻各斯中心主义，这一切都只是我们在把历史作为权威性对待时的思路。现在，思路显然已经轰毁，我们返回本真，中断与历史的关联，这使历史成为一个如德里达所说的“无底的棋盘”。

张志扬的思考饶有意味。只是他擅长的是形而上。他运用的是较为深刻的哲学语式表达，有些费解，有些拗口，这样，听者就不可能广泛，而只能是小众。说者有意，又加上听者有心，才有灵犀相通的相知相遇。他可以是“作家的作家”，他在为私人空间的表达提供充足理由律。在回到个人自身真实性时，疼痛、冷暖、欲求会被切实触摸。作为有限、匮乏的肉身真实，你有多少渴望就有多少悲凉。仔细推敲张志扬的用语，某时，会突然打开观念的天窗，认知上有豁然感。然后再去拾撷检省日常素材，其眼界就不一样了。只是在眼下过于匆忙浮躁的年月，那份潜下来驻足、聆听的耐心有些少了。但国内治西哲的这些学人，在推进中国思想进程方面的潜在影响力不可低估。

朱学勤说自己是形而中。的确，他反应敏捷，易于对眼下正在发生着的思想事件有感而发，他在公共领域发言，其思想影响力相对较大。他原本是个有道德激情的人，但他的《道德理想国的覆灭》专著，看起来像是在清理法国大革命、清理卢梭，实则是把自己及一代人的道德迷狂给清理了。朱学勤在这本书中集中探讨了法国大革命如何从卢梭那里吸取其思想资源，又由罗伯斯庇尔运用于革命实践。当道德理想僭越边界，以道德理想始，却又以道德嗜血终。中国人心里都有一个卢梭情结，这就是对平等的尊崇，对财富的仇恨。历朝历代的权力嬗替，胜利者也多是利用着平等的理念，而煽动起人民的狂热追随。但中国在近代的国势式微，根子也在这里。现在说卢梭，其实是浇自己心头之块垒。

此书既出，引起震动，由此奠定了他在学界的地位，同时也确立了他今后作为自由主义知识分子的精神气质。

这一代人虽然与现实不隔，但也必须得有另外一种思想目光对现实的观察和分析。译介西方社会政治与哲学著作者，那仿佛“偷盗圣火”的热忱努力，为本土思想者成熟创造了很好的前提条件。也因此，借西方的人与事说自己的人与事，他山之石可以攻玉，成为中国思想界一个司空见惯的现象。这是在找新的思想资源，我们中国传统的儒释道已不够用了。

朱学勤善于说人物，他说西方的卢梭、潘恩；尤其他说中国的鲁迅、胡适、钱穆。他说想起了这中国近代思想史的三个人，他们分别在差异性中代表了可能的思想高度。鲁迅是怒而拍案，是对中国民族未来忧心如焚，以笔为刀的批判者。而胡适则鲜见地首肯着英美实证哲学、功利主义和经验主义。他早在20世纪三四十年代，就已秉持着平实冲缓的自由主义思路。他反对激进、革命与暴力，主张中国渐进性改良。时隔多年，中国在沉痛的教训过后，发现胡适的价值，有恍然大悟的感慨。钱穆则是对中国传统文化的正宗持守，作为传统中国知识分子，其向学治学之严谨、客观、明达，也令人敬重。朱学勤说他还想起另外一个人，这就是顾准。他是以“愧对顾准”写下中国知识分子的羞赧。顾准在艰难时日没有停止思考，其他中国知识分子在干什么？是愧对，为一代知识分子几近全军覆没而愧对。1949～1976年这27年间，一统意识形态和国家政治伦理严密无缝，自由独立的声音不可能得以表达。林昭、遇罗克等人刚刚想要说什么，被扼死了。1957年的“反右”，让中国的知识分子大大见识了高压专政的厉害，从此怕了，连在暗中思索的勇气也没有了。幸亏有个顾准。俄罗斯民族也是灾难深重，但他们始终有为数不少的不屈者，在严酷的日子去守护那精神的熘火，不让它熄灭。

现在，仍以朱学勤为例，是想由此推及中国思想界逐渐成长成熟的心路历程。其间，刘小枫、刘军宁、甘阳、秦晖以及后来的秋风等人，也在各自熟悉的领域卓然建树。这容自己以后有机会专文论述。

想起一段往事，也因此花不少笔墨说了这两个人。人们总是踉踉跄跄撞进思想的大门。后来终于明白其实应该在私人空间和公共空间划个界，谁都不要鄙薄，谁在各自的界内都有存在的价值和意义，否则，混乱一团，凡事都不好办了。1994年春节我在上海，特别巧的是我在高安路等车时，恰巧遇到手捧大束鲜花去给王元化先生拜年的朱学勤。自然又说到他与张志扬的那场争论，他有些遗憾地说，其实没什么冲突的，怎么就吵起来了？

学会划界，这是思想逐渐走向理性成熟的标识。中国过去一向礼法不分，这往往导致用农业浪漫主义思维作用于社会政治生活，其教训之大，是有目共睹啊。

三、何为思？

半夜从惊恐中醒来就再也睡不着。想到自己无力完成的一些文章，想写出些公共关怀的文字出来，却是勉为其难，甚觉理屈词穷，也把自己搞得病恹恹。这究竟是为什么？是为读者吗？是让人读了你的这些你自以为重要的文字就去惑明心了吗？可是，你如果把自己都弄成了病理学特征的样子，你连自己都关心照料不好，何谈去关心照料别人？

想写大文字，想要忧国忧民的责任担当，想要正襟危坐的样子，却感到蹙眉不展，不舒服、不温暖。那么，就自己问自己，为什么要用些劳什子将自己束缚和自役呢？一个人，如果把思想当成了自己仿佛播布的救世宣言，他总是欲以拯救他者而不再关心自己，他就不再有如德里达所说的“文本的欢悦”，那么他究竟为什么要思想，思想又是为了什么呢？真实的感受是，自己在写体己的小文字时，才感到快活和惬意。

那么就得问了，何为思，也即：思是什么？

照瑞士哲人奥特的话说“思根本是一种问”，同时“思是一条路”，“思立足于它的各个实事，举步前行，一直走向深处，却达不到终点。这种思知道它始终在途中。思总是有预感地、反省地超前定出一个目标或下一个中途目标。但思尚未识得它的目标。这种未知源于思根本是一种问。”[1]

想到当初拟写这篇文章的题目，思之路上，谁在寻找？谁是失踪者？我们都在寻找，我们也都可能是失踪者。如果我们不让自己失踪，那就得始终带着追问上路。

问什么？只能问自身，问这个匮乏、有限、不全的自身。思之问根本不可能是洪钟大吕式的道德文章，它只是追问这个难挨的傍晚层层叠叠心事的纠缠，去追问个人细屑、自私、贪欲的人性实情。如果语言与思想的推力是因为自己终于按捺不住，想让它来托撑和担待，那么这个人就不可能再说大话、空话和假话了。思细小，思就开始。倘若再进一步有能力将细小的经验在转喻以后化为普遍阐释，所谓大话题可能才会到来。否则，哪有空洞无所指的大话题。前边所提到的王小波之所以人离去却获身后殊荣，正在于他开始用那些调侃幽默却又植根于生命痛穴的小话，去反驳和颠覆以往的大话。过去词语往往有等级秩序，有对名词神性崇拜，比如对精神、灵魂、美德、神圣给以正价值肯定。掌握了这些词语的人就掌握了对别人生杀给予的优先特权。

清醒的小说家海明威老早就对那些大话十分反感。他在《永别了，武器》中有一著名段落：我每逢听见人家提起神圣、光荣牺牲和徒劳这些字眼，总觉得不好意思。这些字眼，我们早已听过，有时还站在瓢泼大雨中听，站在听觉达不到的地方听，只听到一些大声喊出来的字眼；况且，我们也读到过这些字眼，从贴在层层旧讣告上的新讣告中读到过。但是到了现在，我观察了好久，可没看到什么神圣的东西。所谓光荣的事物，并没有什么光荣；所谓牺牲，那就像芝加哥的屠牲场，只不

[1] 见奥特著《不可言说的言说》，三联书店，中译本，1997年，第6页。

过这里屠宰好的肉不是装进罐头，而是掩埋掉罢了。有许多字眼我现在再也听不下去了，末了，只有地方名称还保持着尊严。只有这些东西你讲起来才有些意义。抽象的名词，像光荣、名誉、勇敢、神圣等等，倘若跟具体的名称例如村庄的名称、路的号数、河名、部队的番号、日期等等夹杂在一起，那简直就是猥亵的。

对于海明威激愤的那些崇高字眼，中国人是早已在接受中麻木了。我们这个向来习惯说大话的国度，灭人欲存天理、仁义礼智信的传统文化背后，到处充斥的是模仿、虚假、伪装的东西。靠大话，人好像才可以把自己弄得高尚、圣洁一些。

1987年诺贝尔文学奖获得者，美籍俄罗斯诗人布罗茨基有一次为某届大学生毕业典礼致词，他认为保持个人独异性、不说大话，甚至保留某些怪癖，才可能让自己的卑琐、无耻少一些。他告诫那些即将走向社会的年轻人，在你们今后的无论勇敢或谨慎的一生中，最主要的“都一定会与所谓的恶进行实际的接触”，他认为这恶是无所不在的，无论良好的品性或精心的计算，人一生都难以避免与它的遭遇。这几乎成为一种生命的结构。对于那些黯淡的肮脏的东西，谁能有足够的能力和意志去清理它？可能年轻，会对洁净、良知、美好还抱有心向往之的企慕；而随后的，时间一天天逝去，秋风吹来的不再是感动和温情，而是石砾与垃圾。别在遭遇恶后把自己弄得太脏，这是布罗茨基对这些年轻人最语重心长的提醒了。

往往的，我们以为这个世界是无望了。眼见的到处是恶，恶可以大行其道，人是愈发的无耻和卑琐。为什么会弄成这样呢？布罗茨基对恶的来由做了概括：“恶吮吸的是坚固。它永远借助大数目，借助可靠的花岗岩，借助意识形态的纯正，借助训练有素的军队和均匀的裹尸衣。它借助这类东西的癖好应该说是与它内在的不安全感有关。”布罗茨基又能怎样开出对付恶的良剂呢？他说找到致恶的原因，对抗恶的最切实的办法也就找到了，那就是“极端的个人主义，独创性的思想，异想天开，甚至，如果你愿意——怪癖”[1]。凭靠这些难以模仿、虚假、伪装的东西以抗恶，这是无望中的希望了。

西方哲学家波普尔干脆以“反对大词”写下他的文章。

说小话，不说大话，合了“思是问”的本意。思想的本意不是皇皇盛言，它带有个人私语性表达，在内部的隐隅环绕中，落入秋叶般的往事里。这是思吗？不再大谈人格、意志、终极关怀；只是坐下来，托颐、发呆，看到有些松弛黯淡的皮肤，觉察到时间的恐惧。很多的想法发生在秘不宣人的隐匿里，直面隐匿时的骚动，不回避身体与性欲的侵扰性念头。这是思吗？却是多么的有意思，汉娜·阿伦特止不住赞扬“隐匿物所构成的领域在隐私条件下是多么的丰富多彩”。

禁不住又想到杨小凯出现的意义，他何以超出经济学界而在中国思想界引起大的影响。如果说经济学在目前几乎成了显学，那是因为人文学科在许多方面，表现出的对本真问题丧失着发言的准确，它显出不得要领的迂阔和滞后。比如，人欲的真实是，不吃粮食就会饿死，经济学现在开始正视这个最简单的道理了，而人文学科却大谈终极关怀，以为露宿风餐有无尽的美意。美国诗人伯莱有一句诗这样写道：“贫穷，但听听风声总是好的。”诗听起来不错，但诗终归是诗。照人文知识分子看来，听着远处嗖嗖的风声，多么审美的满足，这足以抵御一切的物质贫困了。不仅听风声，还要到山上砍柴。19世纪下半叶德国发动的那场“浪漫派”运动，就有当年的作家拉加德大声喊道：“还是砍柴去吧，胜于维持这种文明和教育的下贱可鄙的生活；我们必须回到我们生存的

[1] 布罗茨基：《见证与愉悦》，黄灿然译，百花文艺出版社，1999年，第307页。

泉源——孤寂的山峰上。”在人文知识分子一味对自然性诗意和农业化浪漫的讴歌中，经济学界有人指出，饥肠辘辘时人难得有好心情去谛听风声。当然，如果这样指责也显生硬，接着前面曾经说过的话，应该是在公共空间与私人空间做个划分。

公正地说，人文学科尤其是叙事性文学作品，在中国上世纪八十年代，担纲着“思想解放运动”的历史使命，并做出了卓尔不凡的贡献。从伤痕文学、开拓者文学以及寻根文学等等思潮与流派的发生、发展，当时对极“左”路线从感性氛围到记忆反思，都提供了很好的范本。中国作家的队伍真乃浩浩荡荡、蔚为壮观。进入上世纪九十年代以后，叙事性文学更臻成熟。如陈忠实的长篇小说《白鹿原》，以陕西为背景，横跨百年历史，犹如民族史诗，将政党、阶级、民性等开始试着剥离以往意识形态的解释，让人有荡气回肠般的阅读快感和艺术享受。而阎连科的长篇小说《日光流年》则将中原农民的苦难还原，“男人卖皮，女人卖肉”，穷困到只有以自身资源换取活下去的本钱，其悲悯哀恸已是欲哭无泪了。还有许多的小说作家，都以对人性的准确把握与刻画，开启着僵硬板结的灵魂，这些文字，占据着广大读者的阅读视线，为人们提供着新鲜的审美体味与健康认知。就思想而言，不在乎选择的行文样式和形式，而关键在于能否为时代提供新的发现。

但中国的一些书写者有一个致命的硬伤，这就是他们往往容易“我控诉”，而难以去做“我忏悔”。当检勘一段历史悲剧时，往往把责任推诿掉，而没有去反思作为我个人原本也应承担的责任。人们善于谈论他者的罪恶，而不习惯于正视自己的原罪。也因此，写作者成就不小，但其中沽名钓誉者、口是心非者、作秀煽情者也不在少数。这不是让人愤怒的问题，而是让人心寒。干什么大概都还可以作假，唯有书写是做不得假的。如果书写者将那些自我心存叵测的东西传达出来，即使他能换几个毫子，换取些既得利益，但贻害他人，是作孽啊。而陈忠实和阎连科等人的作品，之所以一直有警策和激荡人心的力量，就在于他们借助叙事性文学作品，将人性和历史的真相还原，而不是遮蔽。

如果书写者是真的热爱语言和思想，那么他追问，还必得追问和清理我们的出身。

我们大概都出身卑贱，身上很难说是流着蓝色而冷谧的贵族的血。低门矮户可能会成为写作者，像美国作家、出身下层的亨利·米勒，即使写最卑贱的下层生活，也可以出人头地。但音乐和美术行当的人就得有相对优裕一些的家庭环境及系统的训练了。写作门槛可以是低的，但到了一定时候，虽然茅庐陋室中有底层挣扎带出的深刻，而贵胄子弟有不谙世事的执拗任性，但底层奋斗者若不抛掷身上携带的劣根性，就会让人看到无礼、挑衅、蛮横的一面，看出无教养、少造化的粗鄙，而难有目光高远、态度谦逊的高贵气度。这不仅仅是人的形式感，而是会直接作用于精神思想。

思要做的追问，不是要我们成为一个光滑无皱的人，一个人性平面单调的人；恰恰相反，我们愈在隐匿处让自己丰富多彩，我们越有张力扩大自己的内省之思想资源。要不然，就没什么意思了。追问和清理自己的出身，看清我们在血液中潜伏的卑琐企图，并给以警惕和批判，我们才有可能不成为思之路途中的失踪者。谁都难以恃持自己出身高贵。对于迷恋语言和思想的人，无论出身贵贱，无论在开初是怀着怎样的企图上路。比如，男人刚开始书写可能是为了讨得一个体面的社会地位以光宗耀祖；而女人的书写是为了抵御来自男人世界的伤害，她依恃写作而精神强大，这样，在男人走开时，她会惋惜他们无法消受一个好女人，同时不配享有更好的命运。怀着怎样的情绪和表情入思上路并不重要，重要的是一旦思成为了自觉，反省质疑自己，就是思之本质了。思最公正，人们不可能从思中得到什么实际好处，否则，如果想偏了，思就不来了。如果思有邪，思就无门、无路；有的只是墙与壁。

情形的确在发生变化，现代性语境中的思之路，更想要的是健康、向上、进取、圆满的东西。人们是既想要思想，又不想让自己产生病理学特征；不想成为残破、直到让残破的肉身成为精神的传送地。也因此，我们今后怕是再也难以读到里尔克那样的天籁之诗了，再也难以读到尼采借查特拉斯图拉之口所说的如太阳喷薄般的气吞万千的语言了。尼采在思想上是如此博大精深，但他常常头痛，剧痛如锤子敲击颅骨。但他却认为自己是健康的，他把自己当成一本书读起来，他说他牢牢把握自身，为的是自我康复。一个人是健康的，才能这样。如果他先天是不健康的，就没办法这样。对健康的可自我康复的人来说，病患恰恰可以是生命的特效兴奋剂，成为促使生命旺盛的刺激物。漫长的患病历史，让他发现生命与自我。

谁不想健康并思想呢？只是常常天不假人。

在现代语境的思之途，我们当然希望看到那来自繁荣与自由国度的生机勃勃的人。思想者不是仅仅要为贫穷苦难者止痛的，那是宗教的事务。思想的使命正是为了监督并提防恶的大面积播布，让人活得体面和尊严。这也同时是秉持自由主义立场者的一贯主张。这种主张之下，会不会因为自由主义的冲缓、平和、低抑的风格，在语言上会败北给擅长浪漫思维和华彩瑰丽的乌托邦思维，败北于擅长运用烨烨斐然的国家社会主义鼓吹者手上。哈耶克当初是非常担心这些的。但也不必过虑，当自由主义是更正视人性深处的隐曲微妙时，它将更要求语言和思想的波澹奇崛的内在意蕴。国家政治伦理语言上的华赡、瑰丽，其实都只是涂抹的大词大句的油漆，涂到无生命的物体上，它在直接性面前轻轻一抹就抹掉了，会露出它瘪干如壳的乏味。一个历史阶段，在常识尚未得到廓清的地方，首先要传播一般认识，有时，在求真未果时，得先把求美放一放。

思想之路绝非坦途，多是抱定以命殉思才敢迈步。有人或许会问：面对着疯狂的世界和懵懂的众生，这样做值得吗？其实思者不会这样想。还记得先哲苏格拉底在最后审判过后，他为自己申辩，但最后留下的那句话："我走向死，大家走向生。"

思者常常是匍匐于大地并低语：人啊，我爱你们。

知识分子的鸦片

——雷蒙·阿隆与萨特之争的现实阐释

理智的呼声最后总有人听到，但先要遭到无数次粗暴的拒绝。

——弗洛伊德

中国读者对于萨特绝不陌生，正如同我们熟悉另一个更早的法国人卢梭一样。我们默诵着卢梭的名句：“人生而平等，却无时不在枷锁中。”我们同时也熟知萨特的名句：“他人即地狱”、“存在即虚无”。我们熟悉的这两个人，肯定在内在气质上与我们相互投契结缘。

而雷蒙·阿隆却不为中国读者所熟悉。不仅普通民众，恐怕思想界对他的认识也是很迟的事，而对他的学说与思想都还有隔膜。

二战之后，发生在雷蒙·阿隆与萨特这两个高师“小同学”之间的论争可是法国思想史的大事。偶去翻拣这段史实，却发现那遥远的国度，既往的时间里这场论战，竟与我们当下性问题有许多叠合与重复。

一

一般的概括是说英美的哲学思想以实在与经验为特征，欧洲大陆哲学则以存在与逻辑为旨归。但后者，包括法国，其知识界成员间又有分野与差异，而分别交叉于这两种思想之中。哈耶克作为一个经济学家和社会思想家的冷峻为人皆知，但他却盛赞法国的孟德斯鸠、贡斯当和托克维尔。他们强调经验性，其奉行的自由主义更倾向于“发展”而非“组织”，这是更接近英国传统而非法国传统的。[1] 而像卢梭等人，则是完整的以美学立场进入政治主张的法国人，并且由于诉诸了人类的事业心和自豪感而获得审美的成功，但痼疾与隐患也毋庸赘言。

美学与历史的撕掳，几乎构成了法国这个活泼热情，却又缅于沉思，同时有行动的冒险，哪怕以嗜血为代价也不悔的、整个民族的传统与现实。

虽有孟德斯鸠等人的出现，但这个民族的气质总偏向于美学而非历史。自卢梭以降，文学家原本孱弱的肩头，则担负着太多国家使命的辎重。法国大革命的滥觞，第三等级的崛起，罗伯斯庇尔的成势，路易十六夫妇被押上断头台，热月和雾月的血雨腥风，似乎都与某些文学色彩浓郁的警句相关。这是文学家能够参与历史的伟大证明。谁能说他只是畸态地发展着感受性，只是在暗中扇动着黑色的不祥之翅的蝙蝠？他是搏击历史长空的雄鹰，矫健奋翔于苍穹之上。俯瞰脚下，所有平庸无奇的日子都不堪入目的肮脏丑陋，充满着易朽性。自卢梭以降，那些字眼——“平等、正义、公意、民主”——都因其夸饰和形式感而闪烁芒亮。但在振臂高呼的时候，广场上的断头台也昼夜不歇。

[1] 参见哈耶克《自由宪章》，中国社会科学出版社，中译本，1999年，第84页。

是要文学家担待起这罪孽？有人曾这样质疑过卢梭。卢梭倘地下有知，定会感到委屈。他就是这种气质的人，他没想到事情后来被弄成这样子。他只在感受性与文字中为自己负责。低卑的出身，必定要疾呼平等，必须要向有钱人、向资产阶级的意识形态宣战。

而萨特则出身不错，本人得享中产阶级的生活标准，物质保障绰绰有余。但他下决心要做这一营垒的叛臣。他已不满足于仅在文学的边界内，而是跳出界外。那些华美晦涩的词藻，优越的不可置疑的道德立场，以及激进的参与姿态，都帮他在界外游刃有余地战斗着。

二

二战之后，萨特和雷蒙·阿隆意见相左，终达反目。这不是意气之争，而是观点对立。1945年阿隆与《现代》杂志的决裂使一切都公开化。西蒙·波伏娃的概括是："阿隆的反共立场变得鲜明了。""阿隆说他既不喜欢美国，也不喜欢苏联，但打起仗来，他将支持西方；萨特回答他对斯大林主义和美国都无兴趣，但假若战争爆发，他将站在共产党人一边。"

这是他们论战的实质。

在当时，阿隆与萨特的处境是无法相比的。原本他们有许多相同之处：都出生于1905年；都毕业于以培养思想家为誉的巴黎高等师范学校；又都在二战期间参加法国抵抗运动，并应征入伍；同时他们又都是《现代》杂志中坚，而且早年阿隆也同样思想"左"倾。但20世纪30年代他在德国科隆大学教书的经历，使他目睹了希特勒国家社会主义的猖獗和罪愆，从而引起了政治思想与历史哲学的重大转变。而萨特始终以资产阶级叛逆者的身份出现，具有坚定的左翼思想倾向。

战后的法国，萨特成为一代迷惘和探求者的精神领袖。萨特名声日隆。无论是他佶屈聱牙的理论，或是他构想独异的戏剧，甚至他不言婚娶却又不离不弃的恋爱方式，频频携着“海狸”出入于各大集会场所，却又与其他女人萍水相逢的激情，都让人感到新异独具。乃至于后来他拒领“诺贝尔奖”的凛然，与波伏娃在街头散发《人民阵线报》，都使萨特在法国享有无可比拟的盛誉。他多方面的文学天赋，妙笔生花的语言煽动性，令法国人如醉如痴。他的语言还不仅仅是浓词艳句的装饰，那些火药味令人不知不觉会为文字的杀伤力而震动。他在为弗朗茨·农的《全世界受苦的人》作序时写道：“在反叛初期必须杀人。打死一个欧洲人是一箭双雕，同时少了一个压迫者和被压迫者，剩下的是一个死人和一个自由人；活下来的人第一次感到踩在脚板底下的是国土。”在当时，萨特的这种暴力意识形态言论为战后的法国人所击赏。

而阿隆当时所表现出的右倾为国人所不屑，还有他公开的为自由的资产阶级价值观的张目。他因其言论——在《费加罗报》任主编时的右倾言论惹恼了左翼阵线的众人。他终生想到大学教书，但他申请大学教师的资格难获批准。1968年的“五月风暴”，萨特成为学生拥戴的精神领袖，而阿隆则是学生首先攻击的目标。在相当一段时间里，他如卡夫卡所说是“一人反潮流”，他必然招致众人的攻讦和诅咒。

战后的萨特几乎成了英雄。人们刚刚从斧钺、噩耗、废墟中走出，并不见得能迅速从过激、浪漫和非理性中走出。人们还不知道该从何处去思索和追究极权主义的根源，而宁愿相信一个以暴力意识形态扑向资产者的精神偶像，希望听到左翼声音而不是右翼声音。1952年，萨特与另一个文学家加谬观点发生分歧，他认为加谬也成了反共阵营的人而与之分道扬镳。

三

论战到了1955年，这一年雷蒙·阿隆发表了他认为一生最重要的著作《知识分子的鸦片》。此书一出，在法国思想界再次引起轩然大波。他分三部分谈论“政治神话”、“对历史的膜拜”和“知识分子的异化”，总结题为“意识形态时代的终结”。这是他自始至终所捍卫的自由主义立场，反对极权主义的表达。但这一次他将重点揭露左派、革命、无产阶级为红色神话的知识分子共同价值观的毒害作用，这是一种类似鸦片的作用。

漫野中罂粟花开放的时节，漂亮斑斓，金色的阳光照着，迷人的景致。鸦片可以有限度地种植，但不可大面积地播衍。少量的鸦片可以治病，有祛痛镇静作用，但太多的散布有害并最终将人拖入毁灭。法国巴黎十几个街区没有地方去播种籽粒，但微醺的法兰西人则对一种精神的鸦片上瘾。是的，这个民族并不完全由叙事构成。叙事的巴黎仿佛永远的罗曼蒂克，永远的布尔乔亚，是在矜贵与放荡、清新与诡异之间的生机与沉沦。它还在议证和组织，在议会厅和广场，在绞刑架与断头台间展开。浪漫的巴黎又同时是嗜血的巴黎，知识分子，扪心自问，你究竟做了些什么?

雷蒙·阿隆绝对没有刚才像我这样文学性十足地展开他的论题。他不在文学性中展开，而是用严谨、慎重的理论方式，以经验性事实说话。

此书围绕着“进步主义”的三个红色神话进行探讨，并无情地推翻这些神话。

首先是“左派神话”。阿隆先从理想说起，指出理想一成不变是个幻想，它随着政治和历史环境的变化而变得多种多样。

他分析阐释左派有三个不一定互相矛盾，但往往很不一致的观念：反对权力专断、保障人们安全的自由，以合理的秩序替代传统的自发秩序或个人主动行为的无序的组织。对抗与生俱来的财富和特权，倡导平等。当左派成为组织者之后，他们多少会变得专横武断。因为即使在自由的政府中，也易于受利益和偏见的左右而行动迟缓。左派必然是民族的，甚至是民族主义的，因为只有国家能够实现它的纲领。左派有时又带有帝国主义性质，因为计划制订者渴望拥有巨大的空间和资源，对外扩张必在其内。至于平均主义的左派，它注定要与富人和权贵对抗。左派要成为真正的、永远的左派，接下来必然是革命。阿隆认为革命这个概念与左派概念一样不会过时，因为它表达了一种怀旧情绪。只要社会不完善，人们渴望改造它，这种情绪就会继续存在下去。如果拿所有已知的制度同自由平等的抽象理想相比较，那些制度都是该受到谴责的。只有革命或革命制度，因为它的冒险，因为它同意使用暴力去推翻那些已知的制度，而建立起一个未知的、却许诺给人以种种美好的理想国，因此它似乎最能达到崇高目的。因此，“革命神话是乌托邦思想的避难地，在现实与理想之间充当神秘莫测、难以逆料的说情者”。最后是无产阶级。阿隆认为假设“历史转化”有什么意思，而工人阶级是最没有能力实现它的阶级。

就此，左派神话宣告终结。

《鸦片》的第二部分“对历史的膜拜”中，他讨厌马克思主义历史哲学的两个原则：历史概念控制着事态发展，不让自由和人的行动起作用。这即为“历史决定论”问题。

一步步的推理必然推到后来对知识分子异化的讨论。阿隆按照不同的国别区分这些知识分子对思想文化的影响。“英国知识分子的艺术，是把往往是意识形态的冲突简化为一些术语。美国知识分子的艺术，是把与其说是目的，不如说与手段有关的争论变成道德方面的争吵。法国知识分子的艺术，是胸怀为全人类思索的宏愿，无视而且经常加剧民族特有的问题”。阿隆分析了进步主义修辞学从意识形态逐渐向世俗宗教的转变。他说：“或许未卜先知是一切行动的灵魂。它指控世界，肯定思想在拒绝和期待中的尊严。当为成功的革命而自豪的政府独揽预卜大权以奠定权力、挫败敌人时，世俗宗教便应运而生，一开始就注定要变毫无结果的正统，或分解为对宗教的冷漠……世俗宗教将在比较长的时期内抵抗折磨它的矛盾。在西方，它仅仅代表着走向希望破灭的一个必然阶段。”

阿隆在最后的结题中探询了意识形态的终结，最后大声疾呼批判各种教条：

我们衷心召唤怀疑论者的到来，假若他们必须扑灭崇拜之火的话。[1]

阿隆的这部书触怒了法国国内不少左翼阵营的人，左翼以少见的凶猛气势反击亵渎进步主义的阿隆的罪行，因为阿隆使他们受辱。诽谤性语言纷至沓来。他被打为叛徒，被斥为小丑，成为资本家的乏走狗。法国主流文化做出的是负面反应，与在国外引起的兴趣恰成对照。它有多国译文，并且评论颇多赞语。但阿隆在国内的处境依旧艰窘，他惹恼了那么多人，他申请大学教职一事搁浅。

阿隆早已有心理准备，他料到他会更加孤立无援。但是，他说“我有一个感觉，或者一个错觉，即《知识分子的鸦片》治好了我的病，救了我的命。我对这本书受到的攻击几乎满不在乎。我走出了黑暗，或许我终将与生活和解”。

他说这话还不仅指他的政治处境。此前，厄运以他所无力承受的重量降临在他头上。一个女儿艾玛纽埃尔1950年底因患暴发性白血病死去。另一个女儿洛朗丝则患有先天畸形。他初拟了这部书稿之后，想将

[1] 引自【法】巴维雷兹《历史的见证——雷蒙·阿隆传》，北京大学出版社，1997年，第245页。

这痛苦和厄运用拼命地工作所掩盖。因此他说是这书救了他的命。阿隆几乎是惹了众怒，而众怒难犯。他揭露着红色神话的欺骗性，而文科知识分子很容易在这种欺骗中自得和欺人。那些在修辞和美学中展开的却又扩展到社会政治领域的思想，在他认为就是鸦片，而知识分子是些擅长制造鸦片的人。鸦片谁都知道它有毒，但它却带给人眩晕中的快感。谁不想要快感？快感让人灵魂出窍，欲仙欲死，类似情欲，进入极致体验。谁想让生命总是死寂与腐烂？革命与暴力就是抗拒中的极致体验，是人活过的有质量的证明。知识分子有能力借助语言制造这种精神鸦片，让人跳跃、狂舞、迷失、旋转，欲罢不能。

狂热总是比冷静在民众中更有市场。

文科知识分子有时是自觉不自觉地利用了这种狂热。雷蒙·阿隆的备受责难在于他的清醒。他要提请人们注意，新的极权正以群众、公意的名义到来。他并不见得喜欢美国，战后美国许多政策的出台和实施不可能是最好的，却可以说是最不坏的。而在苏联等国度，国家社会主义的极权意识形态正在造成对人道对自由的绝大戕害。几十年报刊撰稿人和时评家的经验与实际，使他忍不住想劝阻善良的人们绝不可轻信，绝不可为华丽的辞藻和虚伪的宣传所蒙蔽。

法国在相当长的一段时间，还没有足够的耐心与知识去接受阿隆的拳拳忠言。它的浪漫天性其实更欢迎那将真相掩盖，而将皇皇警语和烁烁想象铺展开来的东西。这个民族的精神气质是以卢梭为始终的骄傲，以鼓吹神圣和历史决定论的暴力乌托邦，更有可能赢得人们的掌声。萨特适逢其时，成为法兰西的骄傲。阿隆无法理解将政治简化为伦理，不愿接受美学立场与历史理念的结盟。他那不合潮流的、不在先验中生成的客观思路，无法根除许多人对他的厌烦。阿隆说：“我并非耽于孤独，我是想在那些不计仇恨而战斗、拒绝在论坛斗争中寻觅人类归宿之秘密的人中间挑选伙伴。”可惜，伙伴暂时还没有找到，还必须耐心来等待，等待攻击，也等待事实的澄清。这个一人反对众人的人，这个二十世纪的修昔底德，在重重危难中绝不妥协。

四

如果萨特仅仅作为一个文学家和哲学家存在，他的形象将十分美好和完整。

萨特的存在哲学虽以否定和拒绝为质，但他一生总在参与和行动中。他自己也有心想把自己的哲学思想转变成行动哲学。但是，他的积极介入总显盲目，为一种政治理想往往可以牺牲客观真理。并且他善于借助生花妙笔，逼迫世界依照一个模子扭曲成型。他对政治和历史拒绝，为的是适应他的答案。

法国知识分子一向都对“自由”念念不忘。萨特谈论自由，其哲学基础是存在主义的说“不”。这种普遍怀疑源自笛卡尔的精神内核。笛卡尔的唯理性要求他对任何“是”的诱惑都加抵制，直到自己的理解力和依据标准让自己心悦诚服。他不相信外部世界，不相信自己以外的心灵。在笛卡尔彷徨其间的黑暗中，只有他自己的精神和意识在发光。但他同时又是个虚无，是个否定，存在于历史和自然之外。萨特与笛卡尔在思路上契投合脉。他的皇皇巨著《存在与虚无》就是将自然与历史搁置起来。

但仅仅是拒绝、否定、搁置就能获得自由吗?

自由绝不是高蹈凌虚的概念，而是许多实际经验和日常操作的琐屑。萨特给自己所下定义只有他自己可以做到，而在一般生活和民众中，这些模棱两可、似是而非的定义，无法实行，而只是让人坠入五里雾中。

他的哲学意识的虚幻，也导致他文字令人常常不得要领。比如在《沉默的共和国》一文中，他写道："我们从来没有比在德国统治时期更为自由的了。我们失去了自己的权利，首先是讲话的权利。我们每天当面受到污辱，还不得不忍气吞声。而正是因为所有这些，我们是自由的。由于纳粹的毒液渗进我们的脑海，所以……"这些话你说这是隐语、反讽，还是什么？但这怎么可能是自由的写实？再比如萨特所擅长的口吻："如果我们生活在一个充满痛苦的时期，那么这既不是我们的过错，也不是我们的功劳。"这几乎是白费唾液的绕口令。

因此萨特的天赋在于他写得很多，而所写的又都是让人不明就里的玄虚。他善于在语言的奇诡中因其神秘而让人望而生畏。但在这语言游戏的迷宫中，你无法找到可以依据与信赖的准确性判断。因此他说的那些自由、公正、幸福、痛苦，都是文字的迂回绕环，而不是事物本身。但那文学性光晕四溢，令多少人中魔一般。法国社会和知识分子在1968年"五月风暴"中感受红色神话之魅惑，个个如神附体的狂热，也是此例。人们正是需要在似是而非中供奉一个语言霸主。萨特的思想虽然玄虚涩拗，但他却擅长制造论断式口号，"存在即虚无""他人即地狱"，非此即彼的绝对，好记易传的口号适宜于狂热的人群集会。人们只是呼喊着，向前，向前！谁又有耐心去清理这根基？而他本来也没有想到要让拥簇他的群众清醒地了解什么。他将哲学普及于大众，这普及不是让人明白，而恰恰是让人不明白。

五

美学关怀应是终极永恒的事业；

而政治关心则只是过程瞬间的操劳。

1976年，当有人问阿隆他与萨特之间，谁将对其时代的历史影响更大，这个一向具有谦逊旷达品格的老人马上回答："这个问题不必提。他已经对历史产生了比我大得多的影响。首先因为他身后的作品比我的丰富得多，面很广，包括小说、戏剧、政治和哲学。其次因为我做的一部分事毕竟很快将消失。一天，正读我的一本书的莫鲁瓦说：'如果他同意脱离历史现实，他将是我们的孟德斯鸠。'这话是对的。"

但萨特却绝不会同意脱离历史现实。阿隆在赞美了这位老同学的文学天分之后，随即对他另外的做法提出质疑乃至于愤慨了。他承认萨特空前的想象力和横溢之才华，这也许因此会获得永恒。但是，萨特的问题必须要说清，必须意识到作为一个知识分子，也许因为发展了想象力而使人类知识有很好的发挥，但从此间派生的灾难性后果不可忽略不计。萨特"有一天他将受到责备的事，是他利用了自己高超辩才和慷慨大度，为不可辩解的东西辩解。也可以说，他施展了非凡的聪明才智，试图证明人们不能反对斯大林，至少应当与他接近"。[1]

阿隆承认萨特的文学天才，但他深知用审美将历史问题混淆不仅无用而且有害。他不渴望永恒，不渴望在问题繁多的当今世界，撇开我们应当正视的最重要的问题，而成为进入所谓永恒性话题的哲学家。

阿隆知道美是永恒，想象力是人类知识的终极表达。但在常识被篡改的地方，仅仅通过想象力是不够的。在经验层面诉诸的想象力，只能使政治理念漏洞百出。这时，审美就得先放一放，首先着眼于更棘手的问题。这也是在为最后审美逐渐准备条件。这当然是一个阶段的工作，是驿站，而非终端。阿隆热衷于使当下问题很快的消逝，问题被澄清被

---

[1] ［法］巴维雷兹：《历史的见证——雷蒙·阿隆传》，中译本，北京大学出版社，1997年，第364页。

解决得越快越好。阿隆愿意认为自己是过眼烟云昙花一现的人物，他希望自己所关注的问题是瞬间感的而非永恒性的，他为自己短暂的时效性而欢呼。问题的易朽性正是一个正直的知识分子所祈望的。如果他所面临的问题是永久性的，他始终乃至后人都处在问题的痛心疾首中，那么，人类在挫败、绝望与不合理面前岂不要忍受更加漫长的折磨和严酷煎熬？他给自己的角色定义是分析家和批评家。说完这些，他又马上很虚无地说，分析家和批评家只是生前可能产生影响的人。至于他死后，他希望这一切问题的争执不复存在。

当萨特认为平等公正比理解历史更重要时，阿隆不这样认为。萨特也参与斗争，但遵循的是一个与世界脱离的理想。他要求“道德事实”的纯粹和绝对，却反对“现实主义”的自发秩序与逻辑。萨特选择的是不受时间、空间、历史和地理束缚的绝对彻底的自由；而阿隆则捍卫以制度和社会准则为中介，并受其限制的自由。萨特为个人的叛逆而战，阿隆意识到个人在历史中仅仅以拒绝的姿态毫无出路。后现代的呕吐、恶心与尖叫有反专制的成分，但仅限于此，并不能完成反专制的全部使命。如果笃定作为了一个艺术家而不是知识分子，那种抽搐痉挛的表情都可以接受。因为艺术家的极端天性，使他乖戾荒诞、令人瞠目结舌的举动完全可以为人理解。但是作为一个以信奉真理为圭臬的知识分子，欲对历史施加影响，就不能仅仅这样了。

六

对美学的质疑是为了更好地发展美学，而对文学家思路的清理也是为了划界，而使狂躁魅惑的鼓动偃息一些。许多有理性分析的思想家都在做这种工作。阿隆一向信赖的德国政治思想家马克斯·韦伯曾讲道：

人类命运的道路，确实会使一个概览其某一片断的人不能不惊讶无比，但他最好将他那些个人的微不足道的意见隐藏不露，就像一个人在目睹汪洋大海或崇山峻岭时所做的那样，除非他认为自己有责任有天才将自己的意见用艺术的或预见的形式表现出来。“但在多数情况下，连篇累牍地谈论直觉体知只不过掩饰了自己对人本身也毫无洞见而已。”[1] 美学显然是直觉体识的外在呈现，讨论人类的命运以及洞见人自身，仅有美学的观照远远不够，甚至哲学也不能解决全部问题。

嗣后，二战的爆发与结束，引发出更多的知识者对美学质疑，比如汉娜·阿伦特。这个当年曾那么迷醉海德格尔存在哲学和他本人的人，二战后虽然未能完全与她的导师在感情上分道扬镳，但在政治见解上却相差迥异。她不仅看到单靠诗意不可能安然栖息于毒气室、焚尸炉满布的大地；而且某些运动将会对一些重要的人物产生吸引：“因为艺术家的异想天开或学者的天真，以及一些著名人物，都会成为极权主义的同情者、同路人和注册党员中可依靠的人。”她接着再说：“希特勒和斯大林广泛发表对艺术的看法，并且迫害现代艺术家，这些都不能摧毁极权主义运动对前卫艺术家的吸引力；这表明精英们缺乏现实感，再加上反常的无私，两者都很接近虚构世界。”[2] 她对极权主义根源的悉心分析，使她从一个在书斋中研究美与爱的人，继而成为一个反极权的出色政治哲学家。她战后著作之影响，不但不输于海德格尔，可能还在他之上。

阿隆是这队伍中的一个。他依循着从孟德斯鸠、托克维尔和韦伯那里汲取的睿智。他痛心于知识分子在煽动热情，却又不知灾难已经到来，自己仍洋洋自得。

人类的事务总会呈现出极大的混乱，在上升的世界中尚有一半是埋

---

[1] 马克斯·韦伯：《新教伦理与资本主义精神》，生活·读书·新知三联书店，1987年，第18页。
[2] 汉娜·阿伦特：《极权主义的起源》，时报文化出版企业有限公司，1995年，第459、469页。

在倒下的世界的废墟中。人们只看到上升的一面，而埋下的那一面是无人肯去深究的。消除无知，按照事物的本来面目去看待事物，会看到人类状况令人烦恼的不愉快的一面，可谁愿意承认呢？即使有人屡次三番地提醒，但是人类的罪是必得犯，哪怕今后用更多的赎罪去追悔。

七

许多年过去了。在历史还雷蒙·阿隆公正一笔时，原左翼活动分子米歇尔·维诺克说他曾认为阿隆“是有钱人一边的”，“是《费加罗报》一边的，就是说是资本家的人”。

左派的道德姿态最容易做的就是将有钱人看成是价值的低标准，而将无产者看成价值的高标准。这种划分简单不过，但却于事无补，并误了许多正事。阿隆真诚地承认萨特的文学天赋，但他毫不留情地揭露人文科学知识分子，总拿终极视域的东西来訾骂非文学领域之外的问题。文学家多是些不懂经济的人，但他们却总以道德优越感攻击诸如利益、利润、财富等问题。左派总能在开初阶段以最动人的宣传掳获人心，而自由主义者有什么呢？他们不是完全靠主张和观念过活，而是靠自在的内心节律和自发的外部秩序摸索。他们更多在实际事务中忙碌而不是在呼喊口号的节日。如果说他们有自己的主张和观念，也注定显得庸俗凡尘。因此他们很容易地就被人抓住把柄。

由此联想到目前发生在中国思想文化界的新左派与自由主义之争，仿佛是不同时空的萨特与阿隆论战的翻版和延续。新左派多是些文科知识分子，他们辞藻激烈华艳，出手洋洋洒洒，给人目不暇接之感。而自由主义者只是频频防御，其防御也让人觉出力不从心之势。

新左派对自由主义的攻击集中在财富与市场经济上。自由主义的前提条件是承认人私有财产的合理性、不可侵犯性，肯定人的欲望和需求，并且对人自利的本能给以充分理解和宽宥。这一切必须依赖市场经济的建立。这是些不是最好，却是最不坏的考虑。个人财产私有的权利是最重要的，有论者曾强调说："财产权比生命权更重要。"其论据为：生命毕竟只是原始的天成之物，是一种生物基础，但是，财产权则把人的占有与动物占有区分开来。从法国大革命到20世纪许多荒谬的政治尝试，及其重创文明的惨烈后果，正是来自对财产权的轻视。财产权和生命权唇齿相依，一个人的财产权如果不得保障，他的生命权何来保障？生命、自由、幸福的价值最终都取决于人们能否享有充分保障的财产权。[1]

自由主义知识分子这种为私有财产公开维护的态度，使得新左派的攻击十分得力。那些率先进入市场经济领域者已经成了富人，成了中产阶级，代他们说话，那些平民百姓、那些弱势群体的利益呢？新左派将权钱交易贪污腐败的人也归于富人的错，归于市场经济的罪，然后将再一次财富均分和平等作为议事日程的活动，将跨国资本说成是国际资本主义殖民政策对中国的侵略等等，慷慨激昂中，颇有市场，颇得民心。谁都可以以穷人的名义？可真正对穷人的关心在什么地方？夺过富人手中的财产重新分摊？再一次的革命与暴力？在自由主义者看来，市场经济的机制必然要建立的是完善的法律，使那些贪赃枉法的既得利益者得到严惩。而多少年非市场经济的体制，才使得一大批国家的蛀虫，在最重要的政治权力部门敲百姓之骨吸平民之髓。在一个自由竞争机会均等的社会，匮乏将为机会所替，绝对贫困将为相对贫困所替。财富的大胆创造使社会物质丰裕成为可能，也必然地会由财富的私有转变为社会的公有。真正深谙经济学规律的人都知道人所拥有财富的"边际性"。况且，在一种循环过程中，刺

---

[1] 参看刘军宁《保守主义》，北京：中国社会科学出版社，1998年，第127页。

激生产、带动就业也是一个不争的事实。（就这一问题，我希望在另一篇文章中能详细展开。）自由主义的种种主张恰恰是发自社会基层的经验需要，而非社会上层的权力干预，它产生的丰厚土壤是沉沦的日常，它“在风暴中不易建立起来”。（托克维尔语）

在自由所受到的威胁中，有两种人有意无意间起了这样的作用：一类是既得利益者，掌握国家权力和舆论工具的人；另一类就是盲目歌颂无产抨击财富的知识分子。许多事实足以论证这个论题。

又回到萨特与阿隆的论战中。又记起阿隆的谆谆告诫。人文知识分子有许多的善良意图，但艺术家的超验方式，不能概括人类大多数的生存方式。人类的大多数渴望口袋里有钱，有华屋美食。人类的大多数其生活具有惯性推动下的勉强与庸常，它与劳作、休憩、情欲以及某种攫取、贪婪相伴；当然其中也包括爱与仁慈。但平庸性质是肯定的。经验之所以是经验，就在于它的斑驳陆离，它的不纯粹。阿隆是想把轻盈舒适、精巧光华外衣下的不愉快一面露出来，是想揭开红色神话帷幕的一角，去看它日常乏味的真实，是想努力分清人类的历史进程与艺术演变的差异性关系，并澄清事实与虚幻的区别。他要严厉阻止知识分子、艺术家将哲学体悟、艺术直觉与人类普遍多数的诉求相混淆。

八

在长期误解与孤立之后，20世纪70年代，所有对阿隆的舆论来了个一百八十度的大转弯。阿隆已是无喜无悲。他只是庆幸人类尚有足够的理智将事情办得好些，但却是屡屡付出高昂代价。晚年的萨特，在重病缠身中的枯坐，似已反省到自己的偏颇与局限。他已在心底承认阿隆是对的。

法国思想界在脚步踉跄中走着。知识分子在“左”的和“右”的两方面对运动介入的成败得失，任由后人评说。

新近看到国内翻译的一个叫雷威的法国人写的一本书：《自由的冒险历程》，他对那个已经消失的20世纪重温与清理。“这个知识分子的历史也是20世纪的历史。一个世纪的疯狂，一个世纪的动乱。”而对于疯狂和动乱，知识分子则难辞其咎。接下来他的另一段话不知是否有所针对：信仰共产主义的法国知识分子的错误，在于把布尔什维克革命看作新曙光。他们当中一些人认为，法国革命以一种新形式在继续俄国革命；另一些人则着迷于布尔什维克领袖们的苦行主义；而第三种人念念不忘对纯洁性的疯狂追求，我认为这种疯狂追求正是20世纪的大患。[1] 因为他们的积极介入经常是盲目的，他们的迷途往往是犯罪的。

必须反思语言反思观念。

指望语言和观念无法解决复杂的社会问题。但因了谬误的语言和观念将问题搅浑，一场危险游戏足以带来社会的紊乱、破坏乃至毁灭的下场，这又足以证明语言和观念的重要。

重新记起那场发生在过去的纷争，是为现实挂虑。

---

[1] ［法］雷威：《自由的冒险历程》，曼玲、张方文译，中央编译出版社，2000年。

逃离幸福

——俄罗斯知识分子的精神气质及命运

一

笼统地说，近代西欧知识分子产生于怀疑、批判与对抗的立场。这是一种理性姿态而非道德诉求。由此前提，虽然他们不入主流意识形态，甘当边缘人角色，但他们并不鄙视经验性，并承认人当下的世俗热情，而对终极保持警惕。他们努力要做的是要求与事实一致，并贯穿着与逻辑、分析和思辨的联系。

而俄罗斯知识分子则与他们不同。18世纪的拉吉舍夫作为俄罗斯知识分子的始祖，预见并规定了俄罗斯知识分子的基本特点。他说："看看我的周围——我的灵魂由于人类的苦难而受伤时，俄罗斯知识分子便诞生了。"[1] 应该说这一描述是概括了这个民族知识分子的特征与形象，即她所秉持的严格意义上的道德主义原则，并且这一原则牵引了她后面许多的实践活动。灵魂的受伤以及疼痛，这是关于悲悯良知的，绝对要逃离幸福

[1] 别尔嘉耶夫《俄罗斯思想》，三联书店，第27页。

以及优渥的种种在世要求，始终对弱者、穷人，即对被污辱与被损害者的同情，这是一种天然的宗教情怀与价值信仰，他们在思想上具有基督气息。这些寻找真理的人是些革命家式的僧侣；灵魂的受伤以及疼痛，这是关于愤懑情绪的，对不公不义的愤懑已吹响革命的前奏。必然的，在社会政治理念中，他们更偏向于平等和分配的原则而鄙薄私有财产和物质财富，这使得他们对制宪问题的讨论很难深入开展；灵魂的受伤以及疼痛，这是关于锐敏直觉的，是关于感受性的细腻，是从生命深处涌动的修辞以及细节描述。这使得他们的话语活动和对世界的解释更偏重于文学，偏重于浪漫主义和神话思维，而较少哲学和历史的形式表现。

这些秉持道德主义立场的人，这些知识分子，按照别尔嘉耶夫的理解，他们不是一个社会阶级，而只是一个完全特殊的、只存在于俄罗斯的精神和社会之中的构成物。这个队伍由不同的社会阶层成员集合而成，开始时贵族占有多数，后来则是平民知识分子居多。共济会和十二月党人为19世纪俄罗斯知识分子的出现作了准备。这是一个不切实际的群体。这个群体的人们整个地迷恋于理想，并准备为了自己的理想去坐牢、服苦役以至被处死。他们不愿生活于现在，时时感觉到的是现在的平庸琐屑俗常的无可忍受。他们愿意生活于未来及过去，因此对创世的神话格外沉迷。这是一个追求真理的阶层，这一真理便是实现人民幸福的“共同事业”，并且在此过程中使自己的生命变得圣洁和得以拯救。

悲悯情怀以及道德主义立场，使俄罗斯知识分子完成了自己灵魂净化的优美善良之塑型。想到他们，就想到顿河之畔身穿粗布麻衣走向乡村与农民的青年智者，想到茫茫黑土地上无依的孤旅者，想到西伯利亚风雨之中守夜的革命党人。

然而，作为知识分子，仅仅具有道德主义立场就足够了吗？单单作为个人去完成灵魂净化之升华，那也许是可行的，但俄罗斯知识分子偏偏是些注重实践、渴望经世的人。并且他们本能的对个人化的东西，无论是对个人修炼还是个人自由都不大想从正面予以理解，而斥以贬义，把它看成消极有害的东西。因此，他们独特的个人精神气质与心理结构，一定会进入社会生活的其他方面。是正面还是负面？别尔嘉耶夫曾经在检省这个民族的心灵路程、连同反思这些单个说来都十分优秀的人时这样说：他们“力图表述的十分有价值的思想，运用到历史上却是不准确的”[1]。这句话，已经带出了可供深究的意味。

二

受伤与疼痛感，使俄罗斯知识分子天生怀有宗教情怀。他们不是具体地相信一个神，而是借助于基督的精神气质去实施改造社会的理想。宗教哲学家索洛维约夫便是这样倡导自己的主张。

这个横跨欧亚大陆的民族，从教士到普通民众，信仰的建立不是一件很困难的事情。他们永远不喜欢机械和逻辑，而喜欢诗性与神秘。常常，人们仰望苍穹星空，思考的不是天体运行的规律和星宿的排列秩序，而是想象到温暖金黄的天堂，以及张开双翅翱翔的可爱的天使。俄罗斯人意欲处处遵从上帝的旨意。

这一宗教传统是在10世纪末确立的。那时，西方的基督教传入俄国，但俄国接受更多的只是“基督受苦受难”的内核。俄国的国教始终是东正教，而东正教的发展又是与俄中央集权政府的发展相同步，其教义的正统性中间所掺杂的盲目与非理性成分可想而知。就队伍构成来看，教士常常由无知者担当，他们并没有系统的文化知识储备和清晰理

[1] 别尔嘉耶夫：《俄罗斯思想》，生活·读书·新知三联书店，1995年，第44页。

智的教义习练。广大的农奴和下层百姓组成了信仰队伍。这样的上下结构，使得民众的信仰始终缺乏清晰的教理，更遑论理性推动。俄罗斯人在宗教中信奉的是苦修主义。

话说到了11世纪，俄国作为名流、作为圣徒的圣愚出现了。在伊万雷帝时期，他们以赤身裸体闻名，但这并没有被看成性感诱惑手段，而成为高度虔诚精神的象征。到了19世纪，他们则放弃了不穿衣服的习惯，但身上也只是披挂着破烂布片，并散发出肮脏的异味，即使在寒冷的季节也四处游荡。他们通常是蓬头垢面的游民或乞丐，脖子上、踝骨上带着铁圈，因为多次受伤而流出脓血。有的人干脆就是天生的身体有残疾的人，他们不能说出连贯的话语，呢喃着谁也听不清的东西。但正是他们被看成恰好是上帝派来的，上帝要以这残破之躯来使他们承受比一般人更多的苦难与不幸，他们据说是担当着上帝与凡界接近的使命，是上帝派往人间的圣愚。他们潮湿肮脏的住处成为朝拜者的圣地，许多人从远处赶来。这些被尊奉为圣愚的人，他们用瘦骨嶙峋的手按在来到跟前的人们的头上，口吐涎水说些谵言妄语，人们宁肯相信他们说出了最伟大的真理和对拜谒者的祝福，并有祛病除灾的神奇功能。拜谒者都明白，这些圣愚阴暗潮湿的席榻及环境是应该予以改善的，他们走进这里甚至是掩鼻而入。但他们却从来不试图改善他们的生存环境，认为一旦改善了，圣愚们身上通神的能力就会减弱。

圣愚现象的出现，与当时东正教会鄙视肉体和现世的人生观相吻合。肉体被认作是罪恶，所有的虔诚行为就是指背负十字架，面带悲哀苦难的表情，以压抑肉体从而导致死亡而无憾。这种苦修主义和神秘主义构成俄国教会保守与黑暗的传统。而这一切以及圣愚现象，对俄国的农民、普通大众的影响怎么过高估计也不会过分。到19世纪和20世纪，俄国社会权力最大的成员，对圣愚的超自然力量也是笃信不疑。

当然知识分子肯定不是权力最大的。但圣愚崇拜这一现象的后面，则已是上上下下给予了对弱势群体的肯定，对受难的推重和盛赞，对财富、私有财产的鄙视，对市民社会和中产阶级生活方式的否定。知识分子已经是这么做了。圣愚崇拜的宗教现象也为后来的俄国革命与未来，带来了多重的影响，知识分子并以行动参与其中。后来美国学者汤普逊分析这一现象的一段话可谓切的："在圣愚崇拜中，人格的非理性方面受到了器重，而理性的和肉体的方面则被贬抑。圣愚的行为否定西方的逻辑，嘲弄西方的经验。社会接受圣愚，从而加强了俄国斯拉夫派对'理性主义的'和'重视物质的'西方的轻蔑。最后，圣愚现象中的辩证矛盾渗入俄国精神生活一事，为苏维埃俄国较为容易地接受马克思主义辩证法铺平了道路。"[1]

俄罗斯宗教传统和思想内核中对受苦的称颂、对幸福的警觉不可能不影响到知识分子。在最初的知识分子队伍中，其成员多来自富有之家。他们一旦成为本阶级的叛臣逆子，他们便对自己拥有的财富深深诅咒。财富在他们这一代，一般是宗族式世袭，并不是靠自己的努力挣得的一份家业。他们千金散尽还复来。他们没有任何功利的打算。他们终其一生要做的都是厌恶财富、鄙弃优渥，从而寻找到精神的圣洁。他们努力与穷苦大众拉近距离，走向底层，走向民间，试图从那些受苦人中间找到拯救自己灵魂的秘方。他们与西方知识分子很是不同。在后者，出生于富奢之家也只是平静如常地享用祖宗荫庇，如康德，他一生在衣食无忧状态下度过，这使自己思想的起跳更少了一些障碍。再比如尼采等人，也不是因家境富足而找到反抗的前提。

对财富的厌恶，对弱势群体的同情，构成了俄国知识分子最初的

---

[1] ［美］汤普逊：《理解俄国：俄国文化中的圣愚》，生活·读书·新知三联书店，1998年，第25页。

精神指向。对俄国农奴制度的抗议与推翻，并不是从制度上已筹谋好，而更多的是道德义愤决定。不仅如此，他们还对穷人予以褒义评价和价值认同。在他们看来，穷人并不单单是作为一个标明经济状况的阶级存在，而是成为被赋予道德优越色彩的存在。这个阶级以其苦难的苍褐沉郁，给他们以灵魂的震颤。面对穷人，就犹如面对拷打。那枭首鹄面的人们，就像立于岁月深处的精灵和历史墙堞的碑石，于苦难和神圣中撕开知识分子愁闷和荏苒的雾霭。

“知识分子与人民”这一命题纯粹是俄罗斯的例题，西方人很难理解。于是，托尔斯泰在深夜的塬上如狼一般吼出自己忏悔的声音。这是一个处在优渥环境、拥有一切的人，为不能忍受特权地位的呐喊。喊声凄厉，令人毛骨悚然。陀思妥耶夫斯基关注那些被污辱与被损害者的命运，他为死屋的被囚者作手记，一生都抱有“债务”思想。赫尔岑如此明达智慧的人，却也希望在俄罗斯的庄稼汉中、在愚昧迟钝的人那里寻找克服市侩习气的出路。别林斯基说，如果穷人在受苦，他不希望自己幸福。米海依洛夫斯基认为如果庄稼汉没有权利，他也不希望自己有权利。民粹运动中的口号“到民间去”，其实是要走一条与农民普遍结合的道路。没有哪个国家的知识分子能像俄国19世纪的知识分子这样迫切要求改变自己的出身，去认同卑微的阶级，并向这个阶级靠拢。这个贫贱的阶级在他们看来是蕴藏着惊人的智慧。别尔嘉耶夫曾在自传中讲到他的一个最老的朋友、庄稼汉阿基穆施卡，他说他们可以交谈彼此都感兴趣的问题，并存在着惊人的统一性。在知识分子看来，这个卑微的弱势群体恰恰充满了知识与高贵。

为受苦受难者而哭而受伤和疼痛，这当然是颗金子般的心。这是绝对的真诚而非矫饰。但是，是否也从中找到微醺的感觉而使自我满足？有一个受苦的阶级，便使自己受伤的情感、受难的情结始终饱满不会干瘪。这一切也使他们找到内在精神的引发点和思想的原创性。面对饿殍遍野长夜无边的俄罗斯大地，有多少歌哭的内容需要表达和阐释？这当然不是列昂季耶夫所认为的：人民的一切痛苦都是有根据的，因为他使普希金的出现成为可能。但在潜意识中，同情穷人，肯定弱势群体，则可以在宗教情怀上获得充实，缩短与真理靠拢的距离，并由此洗刷本阶级的罪之血渍。这是贯串始终的俄罗斯知识分子所探讨的人性问题，并成为19世纪以后俄罗斯所有社会学说的基础，由此导致的斯大林政权与之并非没有渊源。而这种革命，则又以全部的努力和激情拒绝承认人性。

后来，俄国人弗兰克曾在《俄国知识人与精神偶像》一书中对俄知识分子建立在道德主义立场之上的种种形态，作了深入的反省与批判。知识分子在把弱势群体和穷人当作优化的阶级，并把为他们服务当成唯一道德目的时，它要求的是个人严格的自我牺牲，和私人利益对社会事业的绝对服从。他表面是良心的安宁。他将自己摒弃财富的道德净化过程，也变成了社会整体的真相。他们的确不是利欲熏心的人，他们不珍爱财富是由于原本不缺。他们在灵魂中把对穷人的爱变成了对贫穷的爱，他们希望供养一切穷人，但最深潜意识的形而上学本能，却反对在世界上普及真正的富裕。王尔德在自己的一篇杰出的论文《社会主义与人的秘密》中说：“只有一个阶级的人比富人更自私自利，这就是穷人。”但在俄罗斯那黑土地的深处，却悄声而又庄严坚定地发出相反的声音：“只有一种状态比贫穷更坏，这就是财富。”[1]

俄知识分子在同其他人一道创造着一个空洞的红色神话，这神话当然由道德化理想而非原则性理性构成。前者是要推重禁欲主义；后者则是希望拥有财富，并获得许多方面的满足。前者只是个人操守，后者则

---

[1] 参看弗兰克《俄国知识人与精神偶像》，学林出版社，1999年。

反映了人的普遍愿望。声称为穷人的俄罗斯知识分子，实际关心的是个人灵魂净化与道德修炼，他们实际上并没有真正关心穷人的实际利益。

三

同情弱势，厌恶财富，然后对中产阶级生活方式和市民不屑，是俄罗斯知识分子一种比较自然的走势。但对于出身富足的这些人来说，其所保留的个人习惯和生活观念，有时与自己的道德旨趣不免无形中发生龃龉。恰达耶夫曾在《哲学书简》中，以铁拳撞击着古老沉睡的俄国。但在沉郁顿挫之后，在他写给那位叫潘诺娃的女性的第二封信中，他则无法抑制地流露出贵族阶级对生活的审美和优雅的体味。他说："请把您的居所收拾得尽可能精致吧，请用漂亮的家具去装饰它，为什么不将某种优雅和喜庆置入其中呢？要知道，这绝不是敏感的一种特殊方式，您的操持的目的将不是庸俗的满足，而是一种全心专注于内心世界的可能性。我恳请您不要蔑视这些外在的琐事。我们生活在一个理想的显现非常贫乏的国度里，如果我们在家庭生活中不用某种诗的成分和良好的趣味来环绕自己，那么就很容易丧失各种感受的准确，和关于优雅的各种概念。我们特殊文明的一个最惊人的特征，不是对各种享受和生活欢乐的轻蔑。"[1]

别尔嘉耶夫在其思想自传中有大段谈到他持久的痛苦，和为某种创造与斗争的推动竟离不开的一种生活方式，那是有关洁癖："如果问我，由于什么我不是在特殊的瞬间而是在生活的全部时间都感到痛苦，为什么一直强制自己进行斗争，那么我的回答是：由于我的洁癖，精神

[1] 恰达耶夫：《哲学书简》，作家出版社，第56、58页。

的和肉体的洁癖，病态的和无所不包的洁癖。有时，我痛苦地谈到自己一般地具有对生活和世界的洁癖，这是很沉重的，我与之进行斗争。我最多地用创造的思想与之斗争，用学说、写作与之斗争，用禁欲生活与之斗争，用远离自然的美的直观与之斗争，用怜悯心与之斗争。当洁癖重又附体时，我因它而颤抖。”“我那么激情地喜爱精神，因为它不会引起我的厌恶感，我喜欢的不仅是精神，而且还有香水。我的洁癖，准确地说，原因之一是我是个形而上学家。”[1]

在平民尚未加入其中的时候，俄知识分子原本的贵族主义生活习惯是一下子改变不了的，但他们则千方百计通过自虐自戕的方式想要克服它，摆脱它的影响。无论恰达耶夫、别尔嘉耶夫还是赫尔岑，他们都认为贵族的以及中产阶级的生活方式是有毛病有缺陷的，只有把自己的趣味下降到与劳苦大众一样的位置，他们才会心安。

其实是很愿意在个人独处时，有安详优雅的生活秩序和节奏，但他们以蔑视感官享受的理由，来拒绝承认它的合理，并且他们唯恐一种平铺直叙的生活会使自己创造力减弱。他们无法满足安然恬淡的生活方式，渴望那原野之上粗壮狂猎的劲风吹拂，体内有滚烫沸腾的血，想狠狠地抽打什么。要那种安逸舒适的生活方式作甚，它千篇一律地乏味，人感到了物质的保障，懒洋洋地沉睡。精神的匮乏，是同较少命运与命运感如利箭般穿击的强烈感受一同到来的。并且，当为获取一种体面的、优裕的生活而奋力时，人将付出大量的精力和时间，闲暇消失。冥想也会消失，人过去在大段的空白时间里，内心精神生活活跃与生动，如果被谋生手段而剥夺掉这种时候，人因单调上手之事而变得庸俗乏味与刻板，内心不再波澹奇崛，这是俄罗斯人所受不了的。这是一个天性

[1] 别尔嘉耶夫《认识自我——思想自传》，上海三联书店，第314页。

浪漫的民族，它喜欢终极，好走极端，却不喜欢中间与过程。这个民族有着巨大的自发力量，并且嗜爱形式，但却很难把握广阔的空间并使之定型。

俄罗斯人的天性与西方人的天性从根本上就是冲突的。赫尔岑在1848年的革命之后对西方失望，就源于他与西方小市民所发生的冲突。“当有人把俄国人和西方人加以比较时，就会为俄国人的非决定性，非目的性，没有边界，揭示无限、幻想性而惊奇。”他奇怪西方人可以被钉在一定的地方和职业上，他们的精神形态是僵硬的；而俄罗斯人的精神形态则是丰富深广，放浪不羁。俄国人普遍认为西方人的精神结构中，有温室般的令人窒息的空气，而缺少自由的空气。西方人是些风格的模仿者，故意地低声说话，颓丧的眼睛向下望。俄国人认为那温文尔雅的资产阶级生活方式背后是全部的空虚。他们骄傲自己是弥赛亚的人民，在寻找真理和寻找上帝审判的日子，这是隆重的上帝正义和复活的日子。

不能用西方的标准判断俄罗斯。你问在俄罗斯谁能过好日子，他们则诘问为什么偏偏要过好日子。你说富足优渥就叫好日子吗，他们才不以为然呢。长于精神运动的俄罗斯人几乎个个都是诗人。穷人和平民接受正规教育很少，但他们对性灵之事则有惊人的颖悟力。俄教育事业在19世纪之前长期落后，而人们却有接受高等文化的天赋和才能。好日子，什么叫好日子？那无非是拥有私人财产，个人蜷曲在豪华却又冰冷的客厅，所谓看重血缘联系的真实性，珍惜家庭生活秩序等等。这对俄罗斯人来说就不叫好日子，它令人憋滞。俄罗斯人形而上学梦幻般的精神属性，决定了他们很难依附于任何的经济形态与恒产，他们更看重村社而轻视家庭，在集体的共同性中才会找到快乐。让他们一家一户躲在那里矻矻劳作以聚财，他们才不干呢！那男人们剽悍健朗，却又沉迷于喝酒与冥想；那女人们多情火热，也无法安于平淡守成的日子。喝酒的男人会打女人，但他打完之后会抱头痛哭。那些被打的女人，对赶来劝阻的人们，会站在她丈夫的立场呵斥他们的多管闲事。俄罗斯自有自己生活的逻辑，他们害怕生活在固定黏滞中。他们拒绝从商品贸易和市场交易交换中去获得自由，他们认为自己初民般的生活，喝酒以及恋爱，在醉酒与抚摸中，已有了节日般的感受。而那忙于实际事务、受利益驱动的人们，心已僵硬如石，面孔很难挤出一丝衷心的笑，也不再会转动多情的眸子。这样毫无魅力的人与生活，有什么可值得提倡呢？俄罗斯人要的不是恒产而是流浪，不是法律而是道德，不是秩序而是故事。

因此俄罗斯人始终无法理解美国的民主制度，如托克维尔所描述的那种生活："如果说在民主制中比在贵族政治中看到的堂皇华丽的场面要少的话，那么人们看到的贫困现象也相应减少；在那里，舒适、安逸程度可能会差些，但福利会更广些；人们的知识可能不那么渊博，但无知却更显稀少；人们的情感可能不那么强烈，但习惯却更节制有度；在那里，人们将会有更多的坏毛病，但是犯罪却将趋于减少。"[1] 而俄罗斯人，知识分子曾有对它深沉独到的认识与描述。在俄罗斯人身上可以发现矛盾的特征：专制主义、国家至上和无政府主义，自由放纵；残忍，倾向暴力和善良、人道、柔顺；信奉宗教仪式和追求真理；个人主义，强烈的个人意识和无个性的集体主义，民族主义，自吹自擂和普济主义，全人类性，世界末日——弥赛亚说的宗教信仰和表面的虔诚；追随上帝和战斗的无神论；谦逊柔顺和放肆无理；奴隶主义和造反行动。[2] 这些描述虽然可以见出反省与批判，但也不禁流露出欣赏之意。

---

[1] 托克维尔《美国的民主》，转引自《欧洲民主史》，萨·马斯泰罗内著，社会科学文献出版社，第85页。

[2] 参看别尔嘉耶夫《俄罗斯思想》，生活·读书·新知三联书店。

俄罗斯民族以及它的知识分子常常对世界历史文明的正当性产生怀疑，托尔斯泰曾说过："有结构的社会生活不能够引向真理。"[1] 有结构的生活当然就是指世俗化活动。这一活动一旦涉及私产、贸易、利益，就让人觉得不仅是尴尬和难堪，而且反感。别尔嘉耶夫就曾直截了当地说："对于私有财产我一直抱着奇怪的态度，我不仅不认为私有财产是神圣的，反而一直不能从私有财产的罪孽感中解脱。"他对私有财产的感受只是在需求对象上，对于生活的必需品上。如一个人需要书籍，写字的桌子，衣服，这些才像一个有才干的神，能使他专心致志地进行工作。但他却不想从历史理性方面，去分析和确定私有财产对普通大众的合理与重要，而且这是进入现代生活的前提。赫尔岑不无讥讽地说：欧洲在市民阶层的影响下一切都改变了面貌。骑士的荣誉被会计员的诚实所代替，仁爱的习俗被气量狭窄所代替，公园变成菜园，宫殿变成旅馆，对于所有的人都开放。

怀抱这种态度的俄罗斯知识分子有其爱憎分明的态度，但他却往往犯着常识的忌讳。他们也谈自由，但那是个人精神领域的飞翔。赫尔岑热爱自由，但他弄不清楚个人在什么地方能用自己的自由与自然权力、社会权力相抗衡，与决定论的力量相抗衡。他们也考虑人性与人道，但却始终不能很好区别个人与个性的关系。在俄罗斯最优秀的分子那里，如索洛维约夫、依万诺夫、别雷等等，全都是反对个人主义，而朝着集体的、有机的、全民的文化前进。俄国没有欧洲历史上人道主义所特有的个人主义。由此原则，他们很难对世俗化活动予以肯定。无论是斯拉夫派还是西方派，在涉及资本的精打细算、发财欲、商业贸易时都显得踟蹰不前。在精神崇高者的主张中，可以与神秘宗教制度的权威相协

---

[1] 【美】汤普逊《理解俄国：俄国文化中的圣愚》，生活·读书·新知三联书店，第214页。

调，却很难对契约法则之下商业关系的理性安排作让步。这些千金散尽的魅力型的精神斗士和英雄，不承认也不屑于世俗活动。

殊不知，自由真正的含义恰恰是在世俗活动的展开中，在所有琐屑平庸的小事情上。喜欢宏大叙事的俄罗斯知识分子哪里会想到这些，他们对个人自由的争取多发生于色彩斑斓的文字表达和语言疾呼上，而且只是抽象的图案而不是切实可行的方略。请听一下别林斯基的表述："在我心中发展着一种对人的个性、自由和独立的粗犷的、发疯的、狂热的爱，这种自由和独立只有在以真理和忘我精神为基础的社会中才是可能的。""我开始这样来热爱人类：为了使人类的极小部分成为幸福的，我认为，要用火与剑消灭其余人口。"这些话，如今听来不仅不得要领，而且充满了血腥，他已说出了后来革命所遵循的某种道德。

后来，东西方各国的经验与实践都再一次表明：自由的真正含意恰恰是在世俗活动的展开中，在所有琐屑平庸的小事情上。在19世纪俄国知识分子探讨自由这一概念之前，伏尔泰（1694—1778）就早已精辟地论述了自由与贸易的关系。他直感到是利益是世俗活动而非信仰和精神，在支撑社会。他力求把经济学和伦理学分开。他在《关于英国人的通信》第10封信中断言，贸易有助于使英国的公民变得更为自由，而这种自由反过来又扩大了贸易。像英国那样一个面积狭小的岛国，正是借助于贸易才强盛，自由才逐渐得以推行。他问：关心什么才能使国家强盛呢？他不无讥讽地评论道："我一直搞不清到底什么人对于国家更为有益，是一个确切地知道国王几点钟起床，脸上精心地涂抹了脂粉的先生呢？还是一个使自己的国家富裕起来，为世界的繁荣做出贡献的商人。"因为无论如何，在英国这个模式的背后，存在着一个切实有效的经济现实。[1]

[1] 参看《欧洲政治思想史》，［意］萨·马斯泰罗内著，社会科学文献出版社，第154页。

俄罗斯知识分子当然不是那种对国王几点起床感兴趣的庸俗小报文人，他们关心的是高邈神奥的精神问题。但是，在为个人灵魂净化过程中，在尽力摆脱自己贵族出身而来的那种优雅精良的生活习惯时，也一并否定世俗活动的重要，这自由的根基便一定会是摇摇欲坠了。

四

信仰以及伦理总是会妨碍社会政治思想的经验性明晰。让我们从这个角度再来看一看俄罗斯知识分子的思考初衷以及历史结论。

启蒙思想家伏尔泰所说的自由扩大了贸易，贸易反过来又促进了自由这个道理，不是俄罗斯知识分子所能体会的。他们一直反感贸易原则下的利益分割和财富私有，但却对自由有一种狂迷的爱。然而，自由的全部基础是建立在对个人生活权利的尊重上，其中最重要部分是财产的私有。这些又要依恃经济活动和世俗化。接下来的是言论、宗教的自由，迁徙的自由。最后则是：为获得这种自由而必须要有正当的法律手段给予的保障。自由主义不是一种运动，而是一种实践，是世俗化实践。然而这些在俄罗斯是从上到下以流产而告结束。

话再扯远一些。西欧的启蒙运动在俄罗斯并不是没有展开。从18世纪上半叶的彼得大帝，到叶卡捷琳娜女皇再到亚历山大一世，都有向西方学习、改革俄国弊端的种种计划。当奋发有为的彼得一世亲历了西欧社会后，他为那里先进的文化与文明所折服。但他只是用东方式的手段，来力图使俄国西方化，“他用野蛮制服了俄国的野蛮”（马克思语）。并且他个人充满了矛盾：他十分迷恋英国的造船技术，狂热地建工厂。如果在西方先进国家，这将意味着雇佣劳动制度的发展。但彼得一世却把城郊的农民弄到工厂使他们成为农奴工人。彼得和以前的沙皇一样，他引进西方技术和文化的目的，不是为了改变俄国现存的社会制度。叶卡捷琳娜二世为“开明专制”时期。这个法裔女皇博览西欧著名启蒙学者的著作，并促其翻译出版。她经常与伏尔泰、狄德罗、孟德斯鸠等人通信，并与狄德罗私交甚好。她本人也懂经济，据传有《论手工工场》的笔记留下。她认为，健康的经济发展具有自然的、自发的性质，政府的原则应该是既不禁止也不强制。谁想用诚实的方式得到面包，那就让谁自己去干，而不要妨碍和干扰他们。然而就是这样一个开明的君主，却残酷地镇压了普加乔夫的农民起义，并使农奴制在深度和广度上都进一步发展。19世纪初登台的亚历山大一世，自幼便受到共和主义者拉加尔普通的教育，也深受其祖母叶卡捷琳娜二世开明专制的影响，他声称要以叶氏的“法律和精神”治理国家。他身边还有一些年轻的朋友，在他当王储时，就与“亲英派”的贵族青年过从甚密。成为皇帝之后，他把这些朋友组织成一个秘密委员会，为改造国家拟订方案，重点在于以欧洲国家的政府形式为榜样，全面推行改革。此时，边沁和斯密等人成为当时最时髦的作者，著作在上流社会流传甚广。在官方上层，已有改革者为此设计了具体的方案，有这么两个人格外引人注目：莫尔德维诺夫和斯贝兰斯基，莫氏先略去，[1] 单说斯贝兰斯基。他作为自由主义改革的主要设计者，曾经提出了具体的立宪方案。1807年他被任命为内务大臣，1809年他完成了名为《国家法典绪论》的改革方案，主张立法、行政和司法三权分立。若照此实施，俄罗斯帝国将具有与西欧国家相似的外貌。但是他所设计的自由主义改革方案，却遭到了保守贵族的强烈抵制。亚历山大虽说也赞成自由主义的某些主张，也不反对有限的改革，但是当斯贝兰斯基真想“把自由置于君主之上”时，他也像

[1] 参看《俄罗斯文化之路》，姚海著，浙江人民出版社，第106、107页。

叶卡捷琳娜二世一样，宁可收起自由主义的姿态。斯氏1812年3月终于被放逐到下诺夫哥罗德。他被看作“西方瘟疫”的化身而遭贬。他被黜逐的消息，引起甚至连暴君之死也不会出现的普遍欢欣。当他的家属随他之后去流放地时，沿途遭路人唾骂。 对于他所倡导的自由主义改革，不论是在宫廷还是在茅舍，到处怨声载道。

想要坚持自由主义原则的人所要承受的是上下夹击。上是专制集团的利益不可摇撼，下是忠于皇权的人。在这片国土，当时占有百分九十以上的是农民，并且大多是没有身份确立的贱民。他们可以被随意鞭挞和买卖，没有财产，更遑论参与民主权利。他们是宗法文化的主体，并把自己的苦难归结于地主，把希望寄托于沙皇，认为专制君主的地位越巩固，他们才越有前途。因此他们把一切削弱专制集团利益的人看成敌人。

俄罗斯知识分子也同样在这双重夹击中。在与专制统治的关系中，他们所做的是战斗；而对于民众，他们始终感受到有愧，并希望对此有所赎罪。而民众则不买账，陀思妥耶夫斯基在《死屋手记》中写道，监狱的平民对政治犯十分不解地说，你们这些吃洋面包和小白猪的人，怎么会为我们这些种田人和修鞋匠着想呢？十二月革命党人正是被下层人出卖的。曾持爱国和民族主义观点的卡拉姆津，曾试图给农民以自由，他把土地交给农民，由他们自由耕种和收获。在他不再管理他们走后的相当一段时间，农民酗酒，疏于稼穑，他给农民的自由导致了偷懒与狂欢。平民出身的知识分子别林斯基，可是不带偏见地形容了俄国农民对自由的理解，他评价他们所要的自由就是“我行我素”，这意味着可以放纵，可以狂欢，可以痛饮，可以把东西烧掉。“俄罗斯一旦解放，它不会走向议会制，而会走向酒铺，喝烈性酒，甩玻璃杯，把刮胡子并穿礼服大衣的贵族吊死……”[1]自由的含金量太重，瘦削的俄罗斯穷人无法消受。所谓启蒙也只能在受过教育的贵族及知识分子中进行，只能在上层良知尚未泯灭的有启蒙思想萌芽的官员中进行。始终没有一个中间阶级的过渡，只是极少数和极多数人的关系，这使推行启蒙的人们一筹莫展。纵是深入腹地宣传平等、公正的真理却终是惘然。

说到这里，忽觉似乎是冤枉了俄罗斯知识分子。

谁能在短时间内创造出一个中产阶级？但紧接着的一问又是，只有创造出一个中产阶级，才能使启蒙主义的主张大获全胜吗？又是谁阻碍着这个阶级的萌芽和发育呢？专制政体是不会允许有这样一个阶级出现的，因为这一阶级是统治的最大克星，会从根本上摇撼这一基础。而俄罗斯知识分子，显然也从来没有欢迎过这个阶级的出现。因为中产阶级总希望享受以个人幸福为核心的价值标准。以个人幸福为原则不以伦理价值为前提，这种价值总是显得小心翼翼、显得不那么理直气壮。但它无疑会使一个民族在平实低调中，有着健康走势。亚里士多德对富人掌权和穷人掌权都不满。他认为前者会成为寡头制体制，而后者则因“极端民主制”的政府形式，而使没有教养的穷人倾向于暴民统治。或者魅力型领袖正是打着为穷人的幌子，在实施恶劣的独裁统治。他偏向于认为中产阶级发达的社会，才会倾向于建立以法治为基础的稳定的政府形式。他进一步指出，“中产阶级不发达是政治不稳定和独裁取代民主制度的根本原因”。

俄罗斯知识分子的性格悲剧几乎是宿命的和天生的，他们无法超越历史，也无法超越自身，他们寻求最高真理，更多的是在宗教感之下的道德与同情，他们满足于一般的，甚至是有些窘迫的生活，冬天可以

---

[1] 转引自《重申自由主义》，雅赛著，中国社会科学出版社，第25页。

不生炉子，有了钱更用来周济穷苦的乡下人。不仅他们、几乎所有的人都指望俄罗斯能避免资本主义的非正义与恶。然而以伦理为价值观的民族，到终了总是走向善与人道为初衷的反面。马克思不大喜欢俄国人，但他又总是很惊奇地看到：俄国人比西方人更早地成为他的信徒和继承者。

五

俄罗斯是个把诗、音乐和祈祷当成最高日课的民族，他们希望让歌声代替面包。那些内蕴错综复杂、变化多端的网络，那些气味、感觉、颜色、思念、情欲以及烟岚苍茫意象的诡异多端，正日益征服着他们的心。他们有创世的热情和终极的迷恋，而无对过程的统筹安排。他们有更多的浪漫主义和神话思维，却很少讲求抽象与经验。整个俄罗斯民族的政治理念，都相对薄弱。知识分子也多是在意识以及语言等文学方面展开思维，而对国家政府等制度方面的思考并不尽如人意。俄罗斯的所有思想都必须通过作品的阅读来寻找，俄罗斯的作家是宗教家、哲学家、革命家的思想资源，他们是理所当然的知识分子。这种思维使得他们不喜欢确定性，而是希望在不确定性中，体现因不规则运动所带来的种种审美意蕴。他们不需要秩序而需要故事，文学遮盖了当时俄罗斯整个的天空，这情形便是不足为奇了。

俄罗斯知识分子很奇妙地将文学中的忏悔和劝善意识，同政治理念中的平等和分配原则糅合一起，并且因后者的想象成分重于实际可行，而使它仍囿于文学范畴。

俄罗斯知识分子严格说来，并没有在文学中寻找到审美本质，而是将道德立场更多地带进去。比如伟大的托尔斯泰，实际是宗教的他压倒了艺术的他。他一生关心的都是善恶与灵魂拯救，而对艺术是发起了控诉的。他既反对专制制度，也反对自由主义和革命运动，他在《复活》中，明显地批判着物质世界的种种罪恶，但他所提供的，只是纯粹的精神的解决方案，他认为“上帝的王国就在我们心中”。在《安娜·卡列尼娜》中，他塑造的有前途有理想的列文，是在“农民的真理”中找到内心的平静和精神的家园。托尔斯泰的伟大，就在于他真诚的同情和施予。温暖的光亮是不曾照拂在那大多数平民头上的，而漆黑一团中的曙色，即使不能使穷人获得实际的好处，则至少会使他们在感觉上、在局部上、可以活得不至于那么非人、那么艰难，乃至死掉。然而令人生疑的是，托尔斯泰的书，能在当时的大众那里得以阅读和传播吗？穷人有阅读的能力和时间吗？这其实仍是文化精英阶层的事情，于大众无涉。但这文学的灯盏，则成为社会前行的目标。俄罗斯此时对于文学过于迷信和崇拜了，因为托尔斯泰并没有想充当民族的精神领袖，他只是一个具有良知和疼痛感的写作者，他所开出的诊治社会的药方并没有被得到证明是正确的。

文学使知识分子道德立场的坚持成为可能。道德主义总有许多话要说，它诗意盎然感情充沛，它充满柔肠寸断、心悸颤栗的东西，它是冷风吹过全身的清凉甘洌，是施洗之河的沐濯涤陈，它具有的色泽和质感如奶如蜜一般。而常识性、经验性的非道德表述，它依循的是人的本能和欲望，是真实的并不光彩的念头。这从利益、财产说起，必然因俗气而口讷舌拙。它只在实践中致力于减轻痛苦。

且慢，痛苦正是文学所需要的。陀斯妥耶夫斯基认为痛苦是意识产生的唯一缘由，俄国人忍受痛苦的能力远远大于西方人，他也理应比西方人更具同情心怜悯心。别尔嘉耶夫在自传中说：“给予个人以世界和谐的慰藉，一直引起我的愤慨。”他对幸福背转身去，他奇怪有那么多人相信世界的理性、和谐、进步及各种形式的繁荣。他们的文学和哲学都与末日论、千禧年、死亡等联系。在世界末日来临之前，没有时间展望，当然也用不着历史理性与逻辑，只有痛苦的抽搐。这里，他们显然是不想严格区分苦难与痛苦感。苦难在他们看来只是被形容为如赭褐色沉重的山峦，如粗重而热烈的呼吸；但在苦难者那里，则很具体，它具体到身上的毒痈因无钱医治脓肿溃烂，是肮脏的处所和扑面而来的蝇虫，是食不果腹潦倒贫穷。苦难就是苦难本身，对它任何的审美与歌唱都失重和失真。而痛苦感，则是智识阶层精神高贵的体现，他们为苦难而哭，但也无形中将苦难美学化处理。

固然，别尔嘉耶夫认为苦难是人走向超验世界的道路，但他也矛盾地意识到仅仅朝向苦难走去的可怕前景："如果允许可怕的苦难永恒存在，那么我的精神生活和道德生活，便失去了全部意义和全部价值，因为他们都在恐怖的征兆下不可能发现真理。""传统的神学学说所作的将苦难客体化和构造苦难本体论的全部企图，在我这里引起了最强烈的抗议。我在这里看到了对人的古老的施虐本能的教条化。"[1]

秉持道德主义立场的文学家作用于社会政治理念是最容易鼓吹平等和分配公正问题的。一种诗性思维掩盖了政治、法理问题的辨察。在这种理想支配下，人们热衷于剥夺一些人的钱财分给另一部分人，而另一部分少钱财和无钱财者，则相信丰裕无须劳作，只要从那些占有者的手中夺去即是。应该承认，平等与公平分配是社会生活的理念与必要功能；但将此绝对化并且忘却生产和创造，则是哲学的错误和道德的罪孽。要分配必得有物可分，要有物可分必得创造。生活不仅是不公正的，而且首先是贫乏的，必须把首要的事物摆对位置。总是耗费大量的

[1] 参看别尔嘉耶夫《认识自我——思想自传》，上海三联书店。

精力用于非生产活动，而不进入财富创造，这于支撑一个社会的良性运转，徒劳无益。

这个忧郁感伤的民族和它的优秀分子，却对复杂枯燥的事物打不起精神，它感兴趣的是那可触及的感性，要描述的是一把钝斧砍在手臂，受伤中那蓝色的血脉流淌时晕眩的快意。文学如果只在安全的阈域也是不错，但它总是越界，对界外的问题知识分子的发言总觉不得要领。但是，他们逃离幸福的道德立场则已完成。远处，已听到隆隆的雷声。

六

终于，革命开始了。革命的伦理观念与俄知识分子的道德立场应该是不谋而合了吧。其实，历史则是开了一个大玩笑。知识分子当然不可能对革命负责，对一个民族的历史命运和现实出路负责。但他却又不能完全脱离干系。别尔嘉耶夫在20世纪40年代的文字中已清醒地写道："革命的到来是命中注定。所有的人都对革命负有责任。""在俄罗斯，整个世纪都在准备革命，为各种各类型的革命运动作准备。"[1] 而革命为知识分子准备了什么样的结果呢？别氏怀有成见和偏颇，不无沮丧地又说："俄国革命同样是俄国知识分子的终结。革命永远是不知感恩的，俄国革命对俄国知识分子特别不知感恩，知识分子曾为它作了准备，但它却对知识分子进行迫害，把他们抛入深渊。"

历史真是开了一个大玩笑。知识分子原本只想在心灵建立一个圣殿，却不曾想在尘世建立了一个乌托邦；他原本讨厌秩序，认为它压抑了人的浪漫天性和原创能力，却不曾想将有更大的专制在等待他们；他

[1] 参看别尔嘉耶夫《认识自我——思想自传》，上海三联书店。

逃离幸福却是由温柔的疼痛变为不尽的哭泣。这是些依旧可歌可泣的人，有忧伤多情的眸子，荡气回肠的歌声，为苦难而流泪悲悯的高贵气质。然而这些人创造出了有价值的思想，但作用于历史则显得并不准确。他们的悲剧是宿命的和无可避免的，局限几乎是不可能克服的。后来的人有理由去声讨他们吗？如果这样，仿佛是我们朝向完美的最后希望也否定了。难道那有几分精明，工于算计、通达圆融者才是世界的胜利者？这真是一场历史的吊诡。

不过，他们似乎并不抱怨，只是默默忍受，命运的劫数无法给他们带来最终的灾难。他们本来就不祈求凡尘幸福，本来就有末日论意识，知道世间凡此种种，都是上帝对他的惩戒或救渡。这不是精神、超验、智慧的过错，让他们不过这种生活而去过计算、分类、逻辑以及不担忧虞的生活，他们还不一定高兴。

这就是俄罗斯知识分子必然的气质与命运。

七

以上论述仅限于20世纪前的俄国知识分子。而之后背景之复杂、材料之繁多，则是笔者目前尚未有能力理出头绪的。

隐喻与常识

——空间的区分

关于隐喻与常识，也就是人们所归纳的私人空间与公共空间。前者，更多的涉及宗教与神话，审美及诗性。在这里，允许保留自己幻想和臆测的权利，在个人的沉思与独白中有想象力的绝对自由。它可以有自己独异于他人的意见、感受、愿望的表达。天马行空的思路与原创性是其特征；后者，会涉及法律与经济，理性与科学。在这里，公众找到共同遵守的准则和规矩，形成舆论和意见以协调自己的事物。它是必须经过实际生活现实检验的，被确认为基本是真实确切的道理和原则，由此作为制度制定时的依据，而非单个人的臆猜和奇想。

自己写了上述这些文字，感到乏味沉闷。比起那有生命光泽的感受性语言，这种必须要做的界定与概括实在不好看。但我们却必须要学着这样做。当然，还有一种声音在反驳：有绝对的私人空间与公共空间的区分吗？人类的最终目的恰恰是要填平这二者间的沟壑；或者说，人类的最终维度是建立在审美之上的，按席勒的话说，审美将取代革命与暴力；循尼采的思路，审美与真理该居于和谐的国度。

但是，在距离最终目的漫长过程中，区分却是必须的。它是人类理性认知的一次飞跃，同时是现代立场的一个重要标志。没有这场区分，人类将走不出神话思维美妙却空洞的误区，无法克服道德理想嬗变为道德嗜血的悲剧。

一

人类初年，无论东方或是西方，隐喻与常识是不分的。它呈互文状态，处在共同体中。那是一个以想象和信仰代替一切的时代，人只要仰望苍穹，就可追慕神圣。以至于黑格尔这样描述："在那个时候，一切存在着的东西的意义都在于光线，光线把万物与上天联结起来；在光线里，人们的目光并不停滞在此岸的现实存在里，而是越出于它之外，瞥向神圣的东西，瞥向一个，如果我们可以这样说的话，彼岸的现实存在。那时候精神的目光必须以强制力量，才能指向世俗的东西而停留于尘世。"[1]

当人类沉浸于神话思维时，渴望找到的是富于精神意义和启示性的东西。上帝或神，被认为是居于世界中心和终极的对象，代表绝对。他们不相信人类还有其他的行为准则方面的事情需要面对和管理。这样，先知说话，用的是箴语圣言，用的是一度命名方式，用诗化警句和隐喻，用可以模仿或唤起散文无法表达的那种语言。这些不是为了管理这个世界的俗人，而是为了创造新人。亚当夏娃的子孙们，由于天性受损，其理性已丧失掉安全控制灵魂中低级部分的能力，众人被圈在罪里，有无知、恶感、懦弱和嗜欲的倾向。但是，克服这一切用不着信仰

[1] 黑格尔：《精神现象学》，贺麟、王玖兴译，商务印书馆，1979年，第5页。

之外的其他手段。比如《圣经》中使徒圣保罗也曾讲到法律，但他认为这是信仰之外的其他手段。他虽然讲到“法律是我们训蒙的师傅”，但是，人们一旦开始信仰，当我们的情欲及某种邪恶为另一个存在领域的忠诚驯化时，我们就不需要法律的训蒙了。人们不再能够犯罪，我们将在精神的训导下获得拯救。在隐喻的事业中，人们僵硬封闭的灵魂被开启，从而做到从心所欲不逾矩。[1]

那时的先知，担负的是多重使命。他是人类的精神导师，是灵魂的开蒙者，同时又对人类的其他事务予以规训和指导，充当着善恶是非的仲裁者以及法官等角色。他们仍是相信人的信仰能力是超过一切的。但是要让人们信，你就要会说，说得动听，让人们听得入耳，在内心引起共鸣。要说得动听，就须摒弃平铺直叙，而达语言的斐斐烨烨。否则，辞之无华，行之不远。隐喻时代，是一个讲求话语修辞的时代。

在西方，隐喻以及宗教性事物覆盖其全部历史，有相当长一段时间。所谓“政教合一”是西方在11世纪以前的明显特征。国王和皇帝具有无可争辩的宗教职能。伯尔曼描述他们是“基督的代理人，是神圣的人物，被认为是他们民族的宗教领袖。他们经常被说成是经过涂圣油而获得神性的人，并拥有治愈百病的能力。尤其是皇帝，他声称是基督教世界的最高精神领袖，没有人能裁判他，他自己却有权裁判所有的人，并在末日审判的时刻对所有的人负责”[2]。这就意味着世俗之剑和宗教之剑，攥在了同一个人手中。

标明西方近代国家观念形成、法律秩序得以建立，应该是11世纪70年代登上教皇宝座的格列高利的教会改革。这一改革是对皇帝和国王行使否决权，把他们从神圣的、至高无上的基督教皇帝降到俗人的地位。

---

[1] 参看【美】李普曼《公共哲学的复兴》，《公共论丛》1辑，三联书店。

[2] 参看伯尔曼《法律与革命》，贺卫方译，中国大百科全书出版社，1993年。

他们只能挥舞世俗之剑，只负责现实的事务，只负责这个世界而非彼岸的事情。这一事实，使他们也必须从属于挥舞精神之剑的人，从属于那些全神贯注于超凡脱俗主题的人。格列高利敢于对教会进行改革。而他本人就具有一个革命者的脾气和性格。他拟定了许多敕令和宣言，在贯彻自己的思想主张时，有惊人的严厉和英雄般的执着。全然不顾对他自身或他人的后果。他让皇帝沦入俗世，不能在教会有任何的权力，皇帝的当选要由教皇首肯，如不能从，则教皇可以将其废黜。这样的主张必然使皇帝惊惶失措，因为他们从此毫无合法性根据，因为世俗国家或没有宗教职能的国家观念，在此之前还从未产生过。授职权之争，最终导致了流血、暴力与革命。[1] 然而无论怎样激烈动荡的事物，发展到一定时候总能找到其内部的制约与平衡。简括说来，也就是西方的法律出现了。法律一俟出现，从此标明西方近代国家观念的形成。

教皇革命在西方所具有的历史意义与价值，在于它 “把恺撒的交给恺撒，把耶稣的还给耶稣” 。它引入了一种能动的特性，一种时代进步的观念或一种改造世界的信念。人们不再设想现实生活必定无可避免地堕落，直到最终审判。相反，人们第一次设想在这个世界上，可以朝着实现来世的灵魂拯救所需要的某些前提迈进。人们已明白，精神与智慧并不能解决世界上所有令人困惑的问题，先知预卜不是治理这个此在世界的智慧，而是规范和教化我们的情欲，找到实质性指导。除了展现人类自我超越的景观，关于正义、自由、代议、同意、法律的理想只能是现世的理想，是关于美好生活的现世智慧。并且人为免于现实的堕落又将科学和理性引入。

西方由此开始了“政教分离”的历史，也就是使精神管辖权与世

[1] 参看伯尔曼《法律与革命》，贺卫方译，中国大百科全书出版社，1993年。

俗管辖权交给不同的人去处理，不把人寻找终极归宿的努力归于公共利益领域，显然有十分现实的好处。也因此，私人空间和公共空间得以区分，隐喻与常识得以划界，元真理与俗真理有了差别。在信仰与凡尘之间，各自找到了虚实对应，向俗与问真的历史渊源并行不悖地流淌。

当然，西方的问题也并不总是那么简单和谐，两种空间的对峙、冲突、纠缠与批判贯穿于西方社会政治和思想领域的全过程。在哲学上，大致来说，近代以英美实证哲学和经验主义，与欧洲大陆先验论和存在主义为其分流两脉。前者是要找到凡俗间的道理和常识，将社会共同体的事情办好。而后者则是对主体性个人存在的追问反思，它要做的是个人的完成，对公共空间的事物有存而不论的倾向。对于二者，可说仁者见仁、智者见智。在国家的制度与法的制定方面，前者更见其合理性；而后者关于个人魅力与艺术的原创性方面则有所长。但历史的吊诡总有后者盖过前者的企图。到了20世纪，已有人指出某种浪漫主义激情和审美话语陈述，已逾越到社会政治层面，从哈贝马斯对审美话语的批判可见一斑。其实此前的卢梭，是典型的将人文理想的超越性思考，试图在社会政治生活中实践并引起负面效应的人。不管怎么说，有相生并有相克，有虚实对应，这不至于使一种唯独的思路一意孤行到底。

西方在踉踉跄跄中走过了自己曲折的路。

二

话不免又要说到中国。在两种空间问题上，中国的事情就复杂了。西方所进行的教权与王权的斗争，中国从来没有过。这样，西方每次革命过后，会找到一个超验的神；而中国在每次革命过后，则会供奉一个人间的神。而从来的专制统治，总是将隐喻常识混淆，并把精神的事物抬高到至上位置。政治的意识形态的宣传，更喜欢用玫瑰色诗意的句子。人们不习惯运用常识认清世界正在运行的各种事务，并已丧失理性禀赋。而正是这理性禀赋，才能造就一个普遍有效性的法与秩序。中国忽略了个人之上有法律、隐喻之外有常识的文明传统。当西方建立了一座“上帝之城”又同时建立起一座“世俗之城”时，中国只有一座“道德之城”。在世俗之城，西方人承认人的幽黯意识，于是休谟说“假定人人都是无赖”时，也就是明白遵守君子之约的，只是人类中的极个别、极少数；大多数人必须靠指令性、强制性的法规律令，无法指望他们靠德行的力量控制和约束自己。在政治法律方面，也就需要为每一层面的人制定监督机制。而中国人则相信“人皆可以为尧舜”。中国的文化价值系统中，个性特征是“内在超越”，最高精神是“内倾的道德精神”。[1] 儒学以“仁”为最高道德意识，孔子“为仁由己”，孟子“尽其心者知其性，知其性者则知天”。西方人知道先知的箴言和法律条文不是一回事，政策的制定不能在玄想中飞翔。中国则一切推重礼，承认它是积极的可以调节法的，礼基于个人价值自觉，是“禁于将然之前”；而法则是消极的，是无奈地承认，“禁于已然之后”。

西方人将真俗两界作为区分，将世俗事务按照常识，用低调的思路和试错法则来处理，一切先把丑话说到前头，倒是有可能杜绝堵塞人原罪中邪恶劣根的方面。而中国的乐感文化，则使它怀着浪漫诗意的畅想进入社会政务，它所遭遇的是道德理想与实际现实正相悖谬的历史命运。

中国人讲求天与人合德，尽性则知天；讲求在内的意象性、顿悟、独慎，而对六合之外诸事是存而不论。它因此相信修辞话语的隐喻力

[1] 参看余英时《内在超越之路》，中国广播电视出版社，1992年。

量。历史发展到后来，必然会产生这些话，如“只要社会主义的草，不要资本主义的苗”，如“人有多大胆，地有多高产”。这些话，人们相信了多少年，没人提出疑问，是因为人们遗忘了常识，或者说常识的基地繁冗杂芜混乱不堪。常识说，人要吃饭，苗才长出粮食人才有饭吃，而草是不能吃的，是要饿肚子的。常识说，地力是有限度的，人的无比大胆并不能带来地的无穷高产。但在科学理性被弃之如敝屣的年月，饿殍遍野却有卫星上天的神话。

神话以及神话思维，对于一个民族的艺术原创力生长是重要的，但它只能在诗性直觉的领域，而不能进入社会政治生活层面。这之间必须要有一个划界。中国多年来的问题恰恰是交叉渗透，合离难分。而极权主义又是最容易借助某种神话因素，打着精神的旗号煽动人的狂热激情。当休谟说出人的幽暗，那性格深处不被照亮的隐秘，人不可能在审美的绝对中获得自由；波普尔则对关于终极理想、人间天堂的感觉论观点提出质疑。[1] 他提出试错和证伪原则。他认为伪科学的东西就是自认为绝对正确，绝对给人指出了一条幸福的康庄大道，同时又不被证明。关于许诺、预言以及终极描述，都只能是在观念和精神中，是关于个体性的超验问题。尤其预言，它总带有某种神话的特征，它依循的是规律。而社会历史并没有其重复性，也就无规律可言。社会历史的事实与发展，只能是摸索和探寻，在试错中逐步走向明确。在社会历史领域倡扬浪漫乌托邦，泛审美化，只会引出荒谬，乃至悲剧。

可惜，对于像波普尔以及休谟、罗素等具有实证色彩和经验论特征的哲学家，中国过去对他们一般是不感兴趣的。这因了他们的语言平抑低调，缺乏诗性光彩。后来中国的改革开放，有大量西方社会和哲学思

[1] 参看波普尔《通过知识获得解放》，范景中、李本正译，中国美术学院出版社，1998年。

想的引进。但我们多是对欧洲大陆生命哲学和存在主义注意，对英美哲学讲求实在和理性批判的内容，不自觉中予以漠然。大陆哲学本身所蕴含的先验论、意象性和浓郁人文价值色彩的东西，与中国知识分子身上潜在的道德感总能一拍即合。在农业文化的事物中，为忘其鄙近而致清远，我们更容易在心灵中建立一座圣殿。于是，当海德格尔说“诗意的栖居”时，我们为了找到存在的意义蹀躞于乡愁之路。甚至，当改变中国传统思路的某种现代化东西，以不可阻挡的趋势到来时，习惯于精神性事物的人们，会由此痛心疾首田园牧歌的隐遁。一批自以审美创造为能事的人，他们已在长期的思维惯性中走不出来了。

三

在早已使人感到拖沓沉闷的论述中，我想应该加进若干例子，使得在阅读上缓冲一些。

某年暮春的一天，在京。有友人陪同到恭王府一游。在凉亭休息的时候，顺手拿起包里放着的报纸，其中看到一作家关于拒绝妥协与投降的文章。看着，便有很悲壮的东西涌上心头，记起那些字眼连同形象：长歌当哭的岁月，一道历史之河冲着坍塌的堤坝，塬上那满脸菜色却又情深意切的父老乡亲……这是些令心为之颤栗、令艺术始终膜拜的场面。我突然发觉自己十分庸俗，比如这风花雪月般的游览，中午吃掉的不算简朴的餐饭。还有在南方呆久之后，不知不觉养就的对奢华绮丽事物的偏好，对佳食美服的流连已超出对终极事物的上心。

我默默地呆坐在游廊的青石板条凳上。此时，面前满湖莲芷，略远处绿树掩映的亭榭歌台都已失去它的美。我在痛心自己的遗忘。朋友看我一个人呆坐在那里，就走过来问是怎么回事。我禁不住把自己心里所想的说出来。他当时没说什么，过了一会儿问我：你感到了你的愧怼，这很好，很有良心，但你也应该这样问一问：是谁造成了他们日益的贫困穷苦？你的道德操守固然重要，但你牺牲掉在世欢悦，能担负起无限责任，并使这一切得以改变吗？你现在应该学会的不是感喟，而是对道德领域之外的事情追问。我无语。但至今这件事总存在心头。

说到这里，又想起另一件事。曾看过一篇北方某一作家写得颇为愤懑的文字，写这个北方作家到南方某一大型企业兼职并体验生活。他的作品眼下尚是红火，因为他关注现实，被上上下下都看好。比如他写在年关临近时的下岗工人已觉饥寒的窘蹇，却有那体恤普通人的高官，走到群众之中嘘寒问暖，感动得那善良的人们涕泪横流，所有的牢骚和怨怼都在双手的一握一攥中刹那化解。作家尤喜这种戏剧性场面，写来不觉逸兴遄飞，文墨生香。作品因了命运与命运感的重锤，敲击出丰富的故事与细节。话说他到了南方，这家企业没人夹道欢迎他的到来，接待规格也不高，没有企业的头头脑脑与他觥筹交错，没有席间说不尽的肺腑感人之语。（我们的作家已习惯这种场面了，他倒不在乎吃的宴席是否丰盛，只是要个气氛。）只有一个主管外事的工作人员接待他。他感到很冷漠。心想，这真是无情无义的商品经济啊。工人们也没有多少热情迸发，无论恨爱。他们多在工作，平和淡然，也没有大量的闲暇纵论国事。他们劳作，然后挣得一份尚算可以的工资，挣得一份实惠。没有上头领导给他们口头上虚无的慰藉游戏。我们的作家颇是愠怒，他找不到故事了，找不到动人的场面了，也没有如救世主一般的人物出现在谋篇布局中，他感到日子的乏味。北方有故事，南方却是无故事，只有利润、盈余。这怎能造出审美意象？在他的潜意识里，已习惯在贫困与艰难中的分享与体验，民不幸而文兴，千百万人的悲剧是自己起承转合的故事。这令人想起罗素所说的那些“善感的人”，他看见一个困窘凄苦的小农家庭会哀伤恸哭，可是他却对精心擘划地改善小农阶级生活状况的方案，很是冷漠。这该怎么解释呢？

这里还要说到“同情”。我们的作家显然对这个字眼有格外的偏好。现在，他选择那贫瘠困苦地方一路走去，眼见荒野凋颓，他内心有了写作的冲动。他走到困苦的众人那里，与他们促膝谈心。他们把自己不公平的处境讲给他听，他眉峰紧蹙。他的心内开始同情，痛惜中他闭了会儿眼睛。虽是心痛，他在他们中间感到了踏实和妥帖。他同情，在同情中他更坚定自己的理想，他把这当作一面旗帜。他把他的理想讲给谁听呢？他挥舞着同情的旗帜，并在这里找到知音。

他拒绝都市，他忍受不了繁华迷眼的现代社会，他以为正是那里成为罪恶渊源。他讨厌物欲的铺天盖地，他疑惑人们为什么不能在清洁的精神里度过美好幸福的一生？他感到一种正义必须伸张，平等的原则必须贯彻，必须向敌对势力开战。他的敌人不是别个，是那些庸俗的市民社会，驳杂的思想潮涌；当然，还有人们所默认的所谓历史理性精神。

现在，他正是在拒绝中走向同情。他对精神意义的生活看得比金子还重，并且提倡清纯、明净，不掺杂质与尘埃的心。这样的心只能在春风不度的荒漠野蒿之地，并且那里有一首首悲凉而动人的歌，在风中传诵。

一切都是关于诗意的。审美写作者已习惯生活在人文精神风车的空转中，害怕世俗的沉沦与堕落，因而习惯了命运之矢射中之时身体的疼痛感受。但这是要他人承受射中的真痛，而自己只是感受其痛。他们感受和代人受痛时，道德优越让自己潸潸泪流。他们满足和陶醉在一些巨型词语中，以泛审美倾向作用于某种历史事物。如果这一切仅仅是关乎个人的，则无可厚非；但却不能将全体人置于自己设置的故事背景与框架中，以他者悲剧命运形式，为自己提供书写的素材。并且，如果沿用泛审美这一武器对现代性进行批判，就已超出了自知的范围。要“外绝索制”，需“内断疑悔”；同时在“遣忧”时顾及“利物”之事对百姓的人道原则，这样才会如章太炎所说的既求内在精神安顿，外达社会自由。

不独中国，在西方，当一个直觉隐喻的时代终结，古老的形象已失去意义，便有诗人发出哀叹。阿奈博尔德·麦克利什在《隐喻》一诗中这样写道：

> 一个世界的隐喻一经消失，这世界便告灭亡。
> 一个时代变为另一个时代，其余的一切都被弃置一旁。
> 当敏感的诗人自豪地创造，
> 那一定是灵魂契合的征兆。
> 奢言意义者将绝无所知，
> 唯想象丰富者的想象能够昭示；
> 这些想象一旦消失，目虽可视，
> 所见万物已不复具有意义。[1]

由此可知，自18世纪后期至今，中西方的文学艺术、哲学政治等等，都受到广义上所谓浪漫主义运动特有的情感方式积极或消极的影响。中国的写作者更易于接受比如像卢梭这样的人的影响。当卢梭用诗一般的语言对聚在广场上的大众说：在这里跳舞吧。我们听得热血沸腾。其实，革命在作为盛大的节日并被诗化想象的结果，即不是人们跳舞的狂欢，而是广场的断头台血流成河。

作为法兰克福学派的第三代传人的哈贝马斯，对20世纪以来的泛审

---

[1] 转引伯尔曼《法律与革命》中译本，序言部分，中国大百科全书出版社，1993年。

美话语进行着清理与批判，他的某种思路也许可以为我们继续这一问题的讨论提供借鉴。

四

二战之后，阿多诺一句“奥斯维辛之后，写诗是野蛮的”曾给人极大的警醒，他也使诗人从此背上不义的名声。我们循他的思路作这样的推想：艺术家与诗人面对着焚尸炉等惨绝人寰的杀戮，面对在囚室坐以待毙的人们，他该怎样处理这些场面呢？他不能指靠窗台上一束红玫瑰在画面无限扩大，来喻意从容赴死、视死如归等个人品格的升华。他不能让一抹朝霞嫣红地照在那些苍白的脸上，人由此克服了死亡的恐惧和战栗而不至于发疯。他不能因某种隐喻性功能，使得死亡的残酷得以减弱。阿多诺在这里要做的追问就是：死就是死了，再也活转不了。死亡是血腥、残忍的，不能因艺术的审美化处理，而淡化和削弱这血腥与残忍。谁有权力制造这场人类的屠杀，谁有权判定另一些人必死？诗性及隐喻如果放弃了这场追问，而只在廉价的场面处理上，它就是野蛮的。阿多诺曾是海德格尔的学生，后来与他分道扬镳。海德格尔的存在哲学最具哲学意味的一句话是说，我们都赴死而生，必死无疑是每个人的历史命运。阿多诺反驳的意思是：奥斯维辛为这必死之命运提供着大量素材。他说在屠杀与死亡面前，任何审美与诗意的东西都成为对暴力的缓解。20世纪上半叶的第二次世界大战，使许多思想者开始对审美话语给予警惕。不独阿多诺，还有哈贝马斯。

哈贝马斯作为法兰克福学派的后来者，其思想已从对现代社会的一味否定与批判的“大拒绝”中，走向交往与对话。他对激进主义作了改良，对人的存在问题和生活质量问题，给予相当关注。他认为审美话语是现代性话语其中的部分，而不是与之对立的独立概论。反抗现代性当然包括对审美话语的批判；而与之的沟通，也同时给审美话语以不算暧昧的保留权。

从清理部分说，哈贝马斯曾对20世纪以来，从尼采始乃至后来福柯、德里达和海德格尔等给予了分析。

尼采喊出“上帝死了”的口号，但上帝遁隐留下的天空，尼采其实是欲以用审美意象取代。他用横空出世的思想与表达，欲以代神立于人间二度命名。他对人绝望，对现代生活更是绝望，他认为德意志之所以变得这样野蛮、愚蠢，就是由于权力以及民众的崛起，贵族价值观的毁灭。现代文明已遭到批评判断的匮乏，创造喜悦的丧失。具病理学特征的尼采，采取尖锐形式在自己的文化中经历冲突的尼采，辞藻华彩诡丽眩迷耀眼的尼采，他采取的依旧是历史启蒙的方式。那是个超越了亚历山大和罗马与基督的世界，而回到更始初更古老的过去，回到伟大的自然与人性的古希腊。在战栗与天才的醺然中，那高蹈凌虚的话语立场，是脱离思想和行动日常规范的，其审美性是闭合的。（从二战走过来的西方人在痛定思痛中，总会对这种浪漫激情的倾向给予警惕。）这种方式，其后的思想者则沿不同的路线进行。

首推福柯。哈贝马斯说过：“在我这一代对我们的时代进行诊断的哲学家圈子里，福柯是对时代精神影响最持久的。”[1] 福柯推崇尼采，在他1984年死于艾滋病的前一年，他最后一次接受采访时说：“简单地说，我是一个尼采主义者。借助于尼采著作，我试着尽最大可能在许多方面，看看在这个或那个领域能够做些什么。”他借助于尼采主义来提示批判和打破现代性的牢笼。对古典的一切，人们只用描述就够了；而

[1] 转引自刘北成编著《福柯思想肖像》，前言部分。

对于现代，则必须像考古学家那般用榔头敲击它。这种敲击，是福柯所发出的惊世骇俗的声音，与主流意识形态保持独立和疏离的姿态。他认为是文明出了毛病。在文明与疯癫之间的考据、规训和犯罪的研究，使福柯在边缘地带发现反文明的力量被压抑和囚禁的悲凉凄惨。谁疯了？他问。他企图提示权力意志是如何被滥用，反抗力量是怎样被征服，而主体中心性理性又是如何浮动的。这种敲击，在他，则又是“反常、”“离轨”、“变态”，连同身体方面的投放铺展，在非理性中进入极限体验和神秘感觉，被魔鬼摄走，在狂乐中遁隐。福柯对普遍性的批判，所使用的虽然是非理性审美的武器，比如，他之所以借用尼采作为自己的思想资源，其中不惜借用尼采某种踬颠的、带有美学性的生存和语言方式，正是他要对牢笼、对蚁啄的文明大厦，来一次猛烈的撞击。这里边包涵了他的良苦用心，即扣紧现代人无法回避的尖锐困境。

又一法国人德里达与福柯异曲同工。他将一切都视为普遍文本，强调修辞学的优先性而否定逻辑学的优先性。为了克服在场的形而上学思想和逻各斯中心主义的限制，他将文学批评当作特定秩序中的模式，由它来承担着几乎是世界的历史使命。

分析的时代结束了，批评的时代到来了。把一切都文本化，通过阅读和阐释来完成；而它又是完不成的，陷入无底的棋盘。德里达同时将视真为要义的哲学称为“白色神话”，一切都在隐喻化中处理着，闭上眼睛，人们感觉着普遍文本诗性的煦风吹拂。他对修辞学的偏好，使他有可能回避日常语言的交流功能，经由自我参照，在闭合中的虚构的语言世界体味纯形式，而在修辞学之外的其他空白和无法抵达的疆域，就无从顾及了。任何学说一旦逃离解决问题的责任，就失去其严肃性和再生能力。如果说诗性之隐喻纯粹是属于自我的心灵流露，但批评涉及客观事物时，则必须与问题意识关联。

海德格尔总是我们所无法绕开的。他对技术时代和工具理性的批判，是将语言作为诗性栖居之地。在德国峭冷而阴郁的天空，他眉峰蹙紧，他痛惜“众神已逝，新神未来”的时代，使世界失掉了尺度，同时也模糊了人生存的意义，他问这样的时代“诗人何为”。他找到了一个纯粹诗人的领域。荷尔德林贫病交加，却“以诗为命”，以神性测度自身，以诗语追怀往事，以诗性拯救庶民。作为神人之间的信息使者，荷氏被天意选中。但命运却如同古希腊神话中的俄狄浦斯——据说那位忒拜国王在得知神谕之后失去双目。荷尔德林因接受过强的光芒，而后完全堕入黑暗之中。海德格尔这个农民的后裔，始终是一个土地之子，他赞赏荷尔德林，也就是要保持生活的纯粹，他将诗与真打通，认为美是真理进入本真状态的方式。他说：“在诗与神话中被发现和奠定的历史，它也是我们这个世界中一个根本性领域。”我们在北方更容易谈论海德格尔，向神秘性逃逸，在黑森林中进入幽玄之境，是为了遗忘或摆脱一统意识形态及种种不合理制度，对人的盘剥和戕害。

哈贝马斯认为尼采之后的三个人，固然在思想领域引起狂飙，但对历史所发生的新的可能，如果不以建立新的理性为目的，就可能失之偏颇与明达了。即使睿智如福柯，但福柯对文明敲击的姿态太过踬颠，德里达用一种事业对另一种事业的吸引，则有可能两败俱伤，海德格尔以诗概全，则可能导致将现实生活的复杂忽略不计。同样，他对以后现代姿态去反抗现代性同样不以为然。后现代本身就存有弊端，一是它对自身所处何种立场不明；二是后现代自己没有价值评判标准，它无从用来反对别个。并且，暂时的狂欢和片刻的销魂形式，用以展开对理性与启蒙的调侃与悖谬，是令人讨嫌的。仅用直觉和狂欢的形式而无理性引导时，它只是空洞地对技术理性，发出意气用事的反感，它只能是描述的、受感受性启发的，只能选择一些消耗性字眼，对生活的物化形式发出愤懑与反抗。而这仍是同质性表达，并不能从根本上疗救现代弊端。

应该说，哈贝马斯是一个手握双刃剑的人，他明达睿智，说到这一面又会兼顾另一面，刚要说到反抗与拒绝，又会讲到交流与沟通；刚刚涉及启蒙与理性，又会记起韦伯所讲官僚组织形成的种种异化形式；他说到对人的欲望的重视，又同时要对泛审美以十二分警醒。他不偏颇不乖戾，而是公允平和。他的心境没有因人类普遍的消极变得索然，那颗思考的大脑，也没有因世纪末日的悲观而变得迟钝。

五

在东西方为摆脱所有困境所作的努力中，学会辨别隐喻与常识这两个领域之间的差异是其起步。现代民主福音书的根本错误，在于它许诺了天堂般的至善生活，将本质领域和生存领域混淆，造成世界的根本性失序。它妨碍我们在这个世界寻找一种美好的生活，而且也歪曲了精神生活。而对此所做区分，其实是一种历史性顿悟，也如霍克海默在其《批判理论》一书中所说，这同时是一种解放性顿悟。“这是同时在人身上恢复他自身灵魂的生动能力，即对所有事物内在联系具有洞见的能力，它可能是深不可测的，但一俟我们具有了这种领悟，它就会作为活生生的存在展露在我们面前。我们可以在每种世界观中尊崇一真理的片断以慰藉自己。”

应该说，健全合理的社会以审美为维度是不可阙如的，当然这并不是说隐喻是作为全民族唯一的文化特质。对隐喻与常识做一空间区分，恰恰是使之在“生活世界”充满活力。

关于隐喻，只有在廓清地盘之后才能有所作为。否则，一头雾水，以诗性力量限定制度安排，其邪恶与悲剧已是自不待言。审美话语其实也找不到原创性可能。

关于常识，我们希望它在成为人人明白的道理之后，成为过去，人们不再为制度操心。其实人文思考者常常虚无得很，你在常识方面痛心疾首呕心沥血谈论多少年的问题依旧延宕着，而在某一天，政府颁发了一项政策，所论问题全都解决。比如市场经济与股份制问题。这之后，以前的纸上讨论都成为昨日黄花。但反过来说，如果没有这种讨论，没有讨论所造出的思想活跃的整体社会氛围，也许新政策的出台将一直延宕。学人看似务虚的讨论，其实已在思想和舆论上，为新的方针制定提供了理论基础和心理背景。中国的市场经济是个很脆弱的事业，但唯有它是对极权主义的反动。它不是最理想的存在，但在目前它显得更合适一些。如果现在把人文精神失落的账记到它头上，就多是在习惯性思路上打转，而犯了根本的常识性错误。当然，目前的中国，权力进入和控制市场，将影响到市场经济自身的发展前景。由此，引入法律则是刻不容缓的事情。

当一个社会发展到再也不需要我们喋喋不休地去说常识，而是将美与诗作为衡量我们的尺度，那该是多好啊。只是这一过程漫长而曲折。诗之隐喻在任何时候都不该遭贬；人类对常识的梳理与钩沉，只能是过程性关怀，是不得已而为之的事情，它的进行过程，最终是为了吁请到一个公正、热爱、自由的诗性世界的到来。常识不美但却真。它把应该澄清的事实真相交还给事实。

在对两种空间进行区分之后，我们所理想的事业是让两者并行不悖地发展。如果仅仅听凭常识，只在社会学知识指导下对生活做客观安排，而不对个人的特殊境遇与生活方向给予理解，依旧会层层碰壁。哈贝马斯显然已经注意到这个问题："社会理论也许能为人们指出一种前景，谨慎地提供给人们征服失望与痛苦的希望和出发点，这种失望与痛苦是由社会生活结构所产生的。但是社会理论对人类生存的基本困境却一筹莫展，如犯罪、孤独、疾病和死亡等。”[1]

知识分子能做什么呢？哈贝马斯进一步探讨：马克思主义是把希望放在集体上的，它认为个体的前途是黯淡的，主张唯有强大的团结的生活方式，方能根除或至少减少导致犯罪和孤独的因素，及其来自疾病和死亡的恐惧，因为社会的约束承担了责任。而本雅明则是探讨恐惧反应，发展了一种回忆团结的思想，即只需通过回忆便能赎罪。比起萨特，人们更愿意到本雅明那里寻找答案，辨识出在其隐蔽的神学思考中的轮廓和路标。[2]

还有阿多诺，曾对诗给予警醒，但同时他对“愿望”始终给予保留了充裕地盘。

依旧是美国人伯尔曼，他曾考察过隐喻与法律区分的合理性因素，但他同时要人们警惕这二者间联系的完全破裂，必须克服将法律归结为一套处理事务的技术手段，使法律脱离历史的倾向。因为当它不再能够表达社会共同体对其未来和过去的想象力，也就不再能够博得社会共同体的热诚了。他认为法律必须被信奉，否则就不会运作。这不仅涉及理性和意志，而且涉及感情与直觉。

在这个充满烦扰与不幸的世界，诗之隐喻的确是我们的慰藉，是逃离不堪之地的幽玄之境，它在任何时候都是人离不开的圣殿。但是，人类为杜绝过程的悲剧所采取的努力中，钩沉廓清常识则是必需的。这虽是过程关怀而非终极目的，但必须有人着手这样去做。在具审美理想的人文知识分子那里，没有常识意识，没有形而下层面的关注，仅仅沉溺在个人审美自由中，到最后，将遮掩我们清亮的目光和真正的呈现与表达。

---

[1] 关于哈贝马斯，可参看《现代性的地平线》，上海人民出版社，1997年，第22页。

[2] 引自《现代性的地平线》．上海人民出版社，1997年，第23页。

后 记

校对完这部书稿已到了深夜，我的头脑却有一种异常的清晰，情绪也少有的亢奋。

2013年上半年，广州几乎没有好好晴过几天，总是在下雨。时而滂沱雨注，时而淅淅沥沥。到此时的6月，天气开始阴湿濡热。但我从来不抱怨这块土地，我从北方迁徙这里，今年已有21年，这里应该说是我的福地。因为在这里，我找到两种文化的差异性比较，在写作上，我也获得了一种新的目光。我的北方与南方，都给我思想资源。我的这部书稿，隐隐充满了这种不同的滋养。

所以说，当我重新阅读了一遍自己曾经写下的文字，竟有陌生的新奇。这些文字，是自己趴在书桌上，一笔一画写出来的。我很惊讶，当年的我，竟有如此的胆量，去触碰一些比较大的问题。现在，我真是担心自己已经写不出这些文字了。

收在这本集子中的文章，虽然只有九篇，却可以说是我多年的漫长思考，这其中伴随着挣扎和疾病，还有精神受难的种种形式。而这些，一向是我想要躲开的。可是你一旦上了思考的这架马车，这都是必须要经历的，躲也躲不开。

写出来的东西，总是希望发表和出版的，谁也不想束之高阁，无人问津。古人的那种将写出来的东西藏诸名山的做法，我们学不来，没那么高的境界。

因此，我内心充满了对我这些文字的问世给以无私帮助的人的感激。

2006年整整一年，我为《花城》杂志社撰写六篇文章，每期一篇，都收在了这个集子里。多年来，我写的说理色彩强一些的文字，都得以在《花城》杂志发表。我感谢刊物的同仁。

《花城》老总田瑛，湘西人氏，巫气、侠义，对人对事有惊人的预卜能力，他具有极高天赋和奇异秉性。他对稿件一向严格，因他本人就是极其出色的小说家，有极高鉴赏力。我的文字能够入他法眼，实在是受到鼓励，也深觉荣幸。他肯出那么多的版面，对我的文字如此信赖，才让我那些雾霰一样的东西，有了结构和成型的动力，也才有了眼下这些文章，这里，岂一个谢字可以了得。

我还要感谢《花城》各编林宋瑜和申霞艳。这两位慧质兰心的女博士，每次催稿审稿，都给了我很具体的修改意见，让我受益匪浅。她们是我的女友，也是可以探讨问题的文伴。

我要感谢的友人还有很多，容我在心里，将这种感激，化为一直前行着、不懈怠的助力。

最后我仍然要感谢广西师大出版社。这些年来，它以出版严肃的、有价值的思想类著作，在业界和读者中赢得了极大赞誉。要相信，在任何年代，总有人希望读到有品质的东西。俗话说："宁吃鲜桃一口，不吃烂杏一筐"，说的就是这个道理。

我总认为，茫茫人海，谁选择阅读谁的书，从来都是偶然性相遇。一旦相遇了，就有了缘分，有了会心的一笑。不要轻看这种相遇，这相遇从此成了历史性事件，从此有了难以说出的情绪与故事。

2013年6月15日广州天河

新民说·书目

已出

王人博：《孤独的敏感者》
许章润：《坐待天明》
吴稼祥：《公天下》
秋　风：《儒家式现代秩序》
梁治平：《法律史的视界》
梁治平：《法律何为》
胡　适：《中国哲学史大纲》（卷上、卷中）
鲁迅著、丰子恺绘、孙立川注：《呐喊》（新编绘图注本）
柴春芽：《我故乡的四种死亡方式》
刘仲敬：《民国纪事本末》
艾　云：《寻找失踪者》
李贵连：《法治是什么——从贵族法治到民主法治》

即出

柴春芽：《走出广场的牧歌》
梦亦非：《没有人是无辜的》
许纪霖：《大学之困：寻找失去的灵魂》
梁治平：《法律后面的故事》
刘　擎：《纷争的年代——当代西方思想寻踪》
许章润：《转型中国：政治与法律》
许章润：《思潮好比情人——关于中国问题的中国意识》
许纪霖：《黑暗中的烛光——许纪霖讲谈录》
秋　风：《治理秩序论：经义今诂》
王人博、程燎原：《法治论》（重修版）
程燎原、王人博：《赢得神圣——权利及其救济》（修订版）
程燎原：《从法制到法治》（增订版）
程燎原：《中国法家思想的现代际遇》
崔卫平：《民主之前：我们如何学习讨论》
盛　洪：《宪章文武》
吴稼祥：《果壳里的帝国》（修订版）
吴稼祥：《自由与权威》
萧功秦：《我的思想日记》（上）（中）（下）
王人博：《中国是什么：以近代为中心》（1840—）
王人博：《失落的近代：帝国的挫败与挣扎，以及停止它的方案》（1840—1919）
王人博：《共和：中国之累，以及意义的翻转与再生》（1911—1949）
……

Http://e.weibo.com/xinminshuo
E-mail:fanxin@bbtpress.com

Http://e.weibo.com/xinminshuo
E-mail:fanxin@bbtpress.com